都会《まち》のトム&ソーヤ

夢幻

14 下

はやみねかおる

講談社

YA! ENTERTAINMENT

都会《まち》のトム&ソーヤ⑭

《夢幻《むげん》》下巻

はやみねかおる

下巻　目次

『上巻』あらすじ

夢幻《むげん》に広がる大宇宙——。

「ちょっと待った」

創也《そうや》が、ぼくの書いた原稿《げんこう》をとりあげる。

「なんだ、これは?」

「作者にたのまれて書いてる、上巻のあらすじだよ」

「……それはわかった。理解できないのは、どうして『大宇宙』なんて言葉がでてくるかってことだ。ぼくらがつくった新作ゲーム——『夢幻 Ver1.0』の舞台《ぶたい》は、宇宙ではなく学校だよ」

「でもさ、『夢幻に』って書くと、そのあとに『広がる大宇宙』ってつづけたくならないか？

『い～つもすまないねぇ』といったら、『それはいわない約束でしょ』っていうようなもんだよ」

ぼくの答えに、創也が大きなため息をつく。

「まったく内人《ないと》くんはお気楽者だね。それとも、もう現実世界と夢の世界の区別がつかなくなってるのかい？　物語では、栗井栄太《くりいえいた》ご一行さまやユラさんたちといっしょに、きみも『夢幻』に参加してるんだ。あらすじを早くまとめないと、まにあわないと思うが」

ぼくは、右手をヒラヒラふる。

「だいじょうぶ。一行四十五文字で、六十五行も書けるんだ。余裕《よゆう》でまとめられるよ」

すると、創也の顔色が一瞬《いっしゅん》で青くなった。

「それは、あとがきの分量だ。あらすじは、四十三文字、二十五行以内だよ」

「えっ！」

聞いていたぼくの顔色も、青くなったことだろう。ここまで読みかえしても、ぜんぜんあらすじになってない。なのに、もう書くスペースがない。

……しかたない。むりやりだけど、この言葉でしめくくろう。

Are you ready?《アーユーレディ》（いや、準備できてませんよね？）

主な登場人物

内藤内人　Naito Naitô◎塾《じゅく》通いに追われるふつうの中学生。

竜王創也　Sôya Ryûô◎内人の成績優秀《ゆうしゅう》な同級生。竜王グループの後継者《こうけいしゃ》。

堀越美晴　Miharu Horikoshi◎内人と創也のクラスメイト。

二階堂卓也　Takuya Nikaidô◎竜王グループの社員。保育士になるのが夢。

栗井栄太　Eita Kurii◎伝説のゲームクリエイター。

第三部
『夢《む》幻《げん》』の破《は》
ゲームパフォーマンス

01　プレイヤー：ＡＬＬ

ピッ、ピッ、ピーという、かすかな電子音。それにまじって、ドアがしまってくるキーという音。

そして、ドアがしまると同時に、まっ暗なレンズに赤い文字が映った。

「MUGEN　Ver.1.0　GAME　START」

数秒後、あたりが明るくなる。

音楽室の入り口のところに、柳川《やながわ》さんが立っている。電気のスイッチをいれてくれたんだ。

ぼくは、音楽室を見まわした。電気が消えるまえと、変化はない。

いや、なんだか視界がせまい。視界の周辺が、くもりガラスがはめられたようにボンヤリしている。全体的には見えてるんだけど、気持ちを集中してないと、すぐにピントがぼけてしまう。

みんなを見ると、同じようにキョロキョロしている。健一《けんいち》は、眼鏡をかけたまま服の袖《そで》でレンズをふいてるけど、むだだろう。

「はじまったな……」

神宮寺《じんぐうじ》さんが、大きく伸《の》びをする。

「さてと――。とりあえず、ここには快眠《かいみん》まくらをかくしてないだろう。でるか」

神宮寺さんが、柳川さんたちを見る。

『夢幻《むげん》』は、チームプレイもソロプレイも、どちらでも楽しめる。どうやら栗井栄太ご一行さまは、チームプレイをする気のようだ。

「ちょっと待ってよ、神宮寺ちゃん」

麗亜《れいあ》さんが、鼻をクンクンさせている。そして、音楽室のすみにおかれたゴミ箱を持ちあげ、ひっくりかえした。

ドサッと落ちる紙くずの中から、白いカバーがついたまくらを見つける。

「快眠まくらゲット！　ゲームクリア！」

まくらをかかえてとびはねる麗亜さん。

ぼくらは、あまりの急展開に、言葉をなくしてしまう。

「……なんで、わかったんだ？」

おどろく神宮寺さんに、得意げに答える。

「においよ、におい。物書きの睡眠欲をあまく見ないでね。一週間で二時間ぐらいしか寝《ね》てなかったら、一キロ先に布団《ふとん》が落ちてるのもわかるんだから」

……よく理解できないが、すごい能力だ。

「じゃあ、こっからわたしはフリーね。みんながゲームをクリアするのを、なまあたたかく見てあげるわ」

麗亜さんの言葉に、神宮寺さんたちがゲッソリした顔になる。

「まぁ、とにかくがんばろうぜ」

あまり気合の入ってない口調で、神宮寺さんがいった。

柳川さんが、音楽室のドアノブに手をかける。でも、ドアはあかない。

「どうしたの、ウイロウ？」

ジュリアスが、柳川さんにかわってドアをあけようとする。

「ダメだ……かぎがかかってる」

そういえば、ゲーム開始と同時にドアがしまる音がした。あのときに、かぎがかかったんだ。

「なるほど、ふつうにドアからでられない。まずは、かぎをさがせってことだな」

神宮寺さんが、ぼくを見る。

ぼくはノーコメント。

あせらなくても、音楽室には脱出《だっしゅつ》するための手がかりはしかけてある。ただ、ぼくは、どんなしかけなのか知ってるので、なにもいえない。

プレイヤーを見る。

ジュリアスが、音楽室の中をいそがしく動きまわる。

まねをする健一と、そのあとにつく真田《さなだ》女史。

堀越《ほりこし》ディレクターとF《エフ》さんは、カメラでプレイヤーのようすを写してる。……あれ？　カメラに、ギミックは映ってないよね。いくらカメラをまわしても、むだなんじゃないかな？　まぁ、堀越さんはプロだから、なんとかするだろう。

ぼくは、ユラさんを見る。かべにもたれ、うでを組んでるユラさん。まだ、動くときではないので休んでいる――そんな感じがする。

「わかりましたよ、内藤《ないとう》さん。手がかりは、あの肖像画《しょうぞうが》ですね」

ジュリアスが、音楽室のうしろにはられた、音楽家の肖像画をゆびさす。最近、肖像画をかけてない学校が多いけど、この古い木造校舎ははられたままだ。

「ハイドン、モーツァルト、ベートーヴェン――。定番の肖像画《しょうぞうが》のなかに、物理学者のものがまじっています」

七枚の肖像画のなかで、左から三番目のものをゆびさすジュリアス。

「あの肖像画は、アイザック・ニュートン。万有引力を発見した物理学者です」

みんなを見まわし、ジュリアスがいう。

「リンゴが木から落ちるのを見て、万有引力を見つけたという話が有名です。まぁ、この話は、どうも作り話のようですけどね」

楽器棚《だな》のほうへいき、戸をあけた。

「ここにならんだ楽器のなかで、いちばんリンゴに似た形の楽器は、これです」

ジュリアスがいってるのは、木魚だ。

「音楽室のかぎは、この木魚の中にあります」

断言して、木魚に勢いよく手をのばす。

音もなく、木魚が消えた。

「どうしてなんだ！」

ジュリアスがえらんだ木魚は、ギミックだった。

「ほんとに、みごとなもんだな」

うれしそうにいって、オレさんが、ならんだギミックの楽器をさわる。

「あらためて見ると、ほんとにすごいですね……。S・NSを使うと、こんなこともできるんですか」

ぼくのうしろにきた三津木《みつき》さんが、ビックリした声をだす。その横にいる遠藤《えんどう》さんも、しゃべらないけどおどろいている。

「じゃあ、かぎはどこなんだ!」

さわぐジュリアスの声をかき消すように、ピアノのキーをたたく音がした。

ポン、ピン……。

柳川さんが、ピアノの鍵盤《けんばん》を一つずつたたいている。音楽室にある本物の楽器は、その古いグランドピアノ一台だけだ。

立ったまま、指を動かす柳川さん。その音色が、聞きおぼえのあるメロディーにかわった。

これ、『エリーゼのために』だ。

「すごいでしょ。ウイロウって、ああ見えて芸術家なのよ。調律のくるったピアノで、鍵盤が波打ってても、ぎゃくにそれを利用した演奏ができるの」

麗亜さんが教えてくれた。

「でもなぁ、おれはコンサートを聴《き》きにきたわけじゃないんだよなぁ」

頭をガシガシかく家出人《いえでにん》オレさん。

そして、譜面台《ふめんだい》を持つと、ドアのほうにむかう。

みんな、オレさんがなにをしようとしてるのか、すぐにわかったようだ。

「やめてください！」

三津木さんがとめるが、おそかった。

譜面台をふりかぶったオレさんは、ドアノブに思いっきりたたきつけた。

グワキン！　という音がひびく。おそらくそれは、この音楽室で奏《かな》でられた、もっとも凶暴《きょうぼう》な音だろう。

「思ったより頑丈《がんじょう》だな」

もう一度、譜面台をたたきつける。

そして、ドアノブがふっとんだあとを、何度もけりつける。

もうかんべんしてくださいというように、ドアがあいた。

「よし！」

満足そうなオレさん。

「なかなかファンキーなおっさんだな」

神宮寺さんが、口笛を吹《ふ》いた。

「いったい、なにを考えてるんですか！」

三津木さんが、オレさんに吠《ほ》える。

「あなたのやったことは、建造物損壊《そんかい》と器物損壊です！　警察に通報しますよ！」

「うん、きみのいうことももっともだ」

うなずきながら三津木さんの話を聞いていたオレさん。

「でもな、二つの理由で、おれのやったことは正しい」

指を二本のばす。

「一つは、ここは夢の世界ってこと。夢の中でやったことで、警察は、おれをつかまえることはできない」

……完璧《かんぺき》な屁理屈《へりくつ》だ。とても大人のせりふとは思えない。

だいたい、さっき創也に、校則に反するようなことをしないでくれと注意されたのに。（もっともオレさんは、「校則には『音楽室のドアをこわしちゃいけない』なんて書いてないぜ」とい

いだすだろう）

　オレさんがつづける。

「もう一つは、この部屋にいるのは危険だといわれたからだ」

「いわれたって……だれにいわれたんです？」

「おれの勘《かん》だよ。おれの勘が、このなかにヤバイやつがいるから一刻も早くにげろっていってるんだ」

　……いまどき、中学生でも、こんな言いわけはしないな。

　ぼくがあきれてると、

「おもしろい人がいるわね」

　すぐうしろで声がした。ユラさんが、オレさんを見ている。

「わたしの勘も、同じようなことをいってるわ。もっとも、あのおじさんみたいに、派手なことをするつもりはなかったけどね」

　ユラさんが、ぼくをピアノのほうへつれていく。

「わたし、ピアノって、よく知らないんだけど――。演奏するときは、真ん中のほうのキーを使うのよね？　いちばん中央に近い『ミ』のキーは、どれ？」

ふつうのピアノは、黒いキーが三十六個、白いのが五十二個ある。（この知識は、創也からの受け売りだけどね）

「左から二十六個目の白いキー」

このしかけをしたのは、ぼくだ。慎重《しんちょう》に何度もかぞえたから、すぐに答えることができる。

「ありがとう」

ユラさんは、ピアノを弾《ひ》いてる柳川さんに近づく。そして、演奏してる横から手をのばした。

「失礼」

それは、とくにすばやくもないふつうの動き。

でも、柳川さんの演奏をとめることもなく、「ミ」のキーをぬきとった。そして、裏側にはりつけてあるかぎを、ぼくに見せる。

「スマートにいかないとね」

とてもかるくいってるけど、柳川さんの演奏をとめずにキーをぬくには、ものすごいスピードと動体視力、そして指の力がいる。

ジュリアスが、ユラさんにきく。

「どうしてわかったんです？」

「きみも、七枚の肖像画《しょうぞうが》に目をつけたところまでは、よかったのよ」

やさしい口調で、ユラさんが説明する。

「あの肖像画は、ドレミファソラシの七つの音に対応してる。そして、音楽家の中にひとりだけ物理学者の肖像画がまじっている。その位置が、左から三番目——つまり、『ミ』の音。そして、この音楽室でかぎをかくせそうな楽器は、あの大きなピアノ。だから、ミのキーにかくしてあるって思ったのよ」

ユラさんの説明がおわったとき、廊下《ろうか》のほうから走ってくる足音。

「なんだ、いまの音は！」

ドアを破壊《はかい》する音を聞いたのだろう、卓也《たくや》さんと青山《あおやま》さんがやってきた。

ヤバイ、ヤバイ！

ぼくや健一は、イタズラを見つかったときの気分になる。こんなとき、ぼくらリアル中学生の選択肢《せんたくし》は、「にげる」「謝《あやま》る」の二つしかない。

でも、オレさんはちがった。

「ああ、先生たちか。あんたらも、はやくにげたほうがいいぜ」

先生に「忠告」した。

そんな忠告に耳を貸さない青山さんが、オレさんの前にでる。

「なにをいってるんだ、きみは！　自分のしたことがわかってるのか！　音楽室のドアをこわしたんだぞ！」

そっぽをむいてるオレさん。

ボソッとつぶやく。

「きた」

つぎの瞬間《しゅんかん》、ビーという警告音がひびきわたった。

［家出人オレを、不審者《ふしんしゃ》として認定《にんてい》しました］

校内放送用のスピーカーからこぼれる声。

これはＡＫＢ24《トゥエンティフォー》――。しかも、以前よりなめらかに話している。ということは、ヴァージョンアップしたってことか……。

天井《てんじょう》を見ると、中央部に半球形の監視《かんし》カメラがついている。半球形の中を赤い円が動き、オレさんのほうをむいてとまった。

［よって、退治します］

オレさんが肩《かた》をすくめる。

「せめて捕獲《ほかく》って言葉を使ってほしいね。このセキュリティシステム、頭悪いんじゃねぇか？」

ブチッ！　という音がスピーカーからした。

ひょっとして、ＡＫＢ24がブチ切れた音？　だとしたら、ものすごくヴァージョンアップしてるじゃないか！

考えてるひまはなかった。廊下《ろうか》のむこうからカシャカシャという音が聞こえてきた。

直径五十センチくらいの黒いボール。二本の黄色いラインと、赤い目が二つ。ボールからのびる八本のロープ状の足。

これはＡＫＢ24があやつるクモ型ロボット。

まえに見たやつは、足が一本しかなかった。単純に考えて、八倍にグレードアップ？

「退治！」

八本の足が、オレさんにむかって鞭《むち》のようにのびる。

ひらりとよけるオレさん。

目的を失った足は、廊下のかべにバキッと穴をあける。

「わー、やめてくれ！　校舎をこわすな！」

両手をひろげた青山さんが、オレさんとクモ型ロボットのあいだに入る。ふだん、杖《つえ》を使ってるとは思えないほど、すばやい動きだ。

クモ型ロボットが、動きをとめた。

[不審者《ふしんしゃ》の家出人オレを助けようとする青山年夫《としお》——不審者の仲間と認定《にんてい》します]

スピーカーから、ＡＫＢ24の声がする。

正確にいうと、青山さんはオレさんではなく校舎を守ろうとしたんだけど、ＡＫＢ24には関係ないようだ。

[よって、退治します]

おどろいている青山さんを、

「なにつっ立ってんだよ！　にげるぞ！」

オレさんがわきにかかえるようにして走りだす。プレイヤーは、すばやく走ったりできないはずなんだけど、そんなことを感じさせない動きだ。

廊下《ろうか》の闇《やみ》に消えていくオレさんと青山さん。

そのあとを追いかけるクモ型ロボット。

「いくぞ、Ｆ！　この映像《えい》をのがしたら、一生の不覚！」

「了解《りょうかい》っす！」

堀越ディレクターとFさんも、ころがるようにしてあとを追いかける。中年太りの堀越さんと長身のFさんが走ってく姿は、まるでバットとボールが坂道をころがってるみたいだ。

健一が、ぼくにきいてくる。

「あのさ……。あのオレさんって人、ドアをこわさなかったら、ここまでヤバイ状況《じょうきょう》にならなかったんじゃないかな？」

うん。ぼくも、そう思う。

「あんな年になっても、これだけむちゃくちゃできたら、年をとるのも悪くねぇな」

ドアの残骸《ざんがい》を見て、神宮寺さんがしみじみいった。

ぼくは、そんな神宮寺さんを、なまあたたかい目で見る。

——だいじょうぶです、神宮寺さん。あなたなら、年をとってもむちゃくちゃやってますよ。

「まぁ、いいか。おれたちも、いくぞ」

栗井栄太ご一行さまが、音楽室をでていく。

「ぼくたちも、校舎が心配です。青山先生のあとを追います」

三津木さんが、音楽室をでる。

そのあとを、なにもいわずについていく遠藤さん。

「わたしたちもでるわよ」

ユラさんが、ぼくの背中をおす。

えっと……これって、ひょっとしてユラさんとチームプレイ？　うれしいような、こわいような……。

「内人、ぼくらは？」

健一の心細そうな声。

いっしょにくるか？　といおうとしたら、さきにユラさんが口をひらいた。

「あなたは、自分の好きなものを守りなさい。Good Luck《グッドラック》！」

なにかいいたそうな健一と、そのうしろにいる真田女史。

うん、ここは健一ががんばらないといけない場面だ。

「健一！」

ぼくは、彼《かれ》にむかって親指をグッとのばし、音楽室をでた。

ぼくとユラさんは、うす暗い廊下《ろうか》をころばないように歩く。ああはいったけど、やっぱり健一をほうっておくのはすこし不安だった。

「気になるの？」

ぼくのようすを見て、ユラさんがいう。

「でもね、あの子たちは、きみといっしょにいるほうが危険なのよ」

意外な言葉に、ぼくはおどろく。

「さっき、おじさんが〝ヤバイやつがいる〟っていったでしょ。あの情報は正しいわ。そして、そのヤバイやつは、きみと竜王《りゅうおう》創也をねらってる」

「…………」

「きみといっしょのほうが危険って意味、わかった？」

ユラさんが、ぼくの顔をのぞきこむようにしてきく。

言葉の中身は、ものすごくこわい。でも、ユラさんのしぐさは、とてもかわいい。

そのギャップに、ぼくは悪い夢を見てるような気分になる。

なるほど、『夢幻《むげん》』はたしかに悪夢の世界だ……。

GAME《ゲーム》 CLEAR《クリア》：REIA
REMAINING《リメイニング》 PLAYER《プレイヤー》（残りのプレイヤー）：12

02 プレイヤー：YURA＆NAITO

ぼくとユラさんは、三階廊下奥《ろうかおく》にある生徒会室にいく。

なんとなく生徒会室って、生徒会役員の人たちがお昼寝《ひるね》してるイメージがある。快眠《かいみん》まくらをかくすなら、ここの可能性が高い。（……いま、全国の生徒会役員の方々を敵にまわしたような気がしました。陳謝《ちんしゃ》して訂正《ていせい》します）

さっそく、快眠まくらを見つけようと思うのだが、さっきのユラさんの言葉が気になる。

チラリとユラさんを見ると、ぼくの気持ちがわかったかのようにほほえむ。

「最初にいっとくけど、わたしがヤバイやつじゃないからね」

「生徒会長」という名札がおかれた机に、ユラさんがすわった。

「そいつは、フリーの産業スパイなの」

産業スパイ……？

そういや、最近、聞いたぞ。

「ひょっとして……そのヤバイやつって、ネズミですか？」

ぼくが手をあげると、ユラさんが意外そうな顔をした。

「どうして、ネズミのことを知ってるの？」

ぼくは、理科室に爆弾《ばくだん》がしかけられた話をする。

「そう……。もうネズミは手をだしてたのね」

つぶやくユラさん。

ぼくは、いちばん気になってることをきく。

「どうして、産業スパイが、ぼくらの命をねらうんですか？」

「それは、あなたたちが『夢幻《むげん》』をつくったから」

やっぱり、そこか。

「ネズミは、うちの組織からの依頼《いらい》で、『夢幻』を妨害《ぼうがい》するようにいわれてるの。とにかく、ゲームを成功させないようにするのが目的で、そのためには、あなたたちを殺してもかまわないって話」

……まったくめいわくな話だ。

「あと、ユラさんの組織の正式名称を教えてほしいんですけど」

遠慮《えんりょ》がちにいう。

彼女《かのじょ》は、ほほえんだまま、ぼくの質問を無視。ちがうことを教えてくれた。

「ネズミは、わたしたちの組織を『クラウン』ってよんでるわ」

クラウン……。ぼくの頭の中で、王冠《おうかん》をかぶった道化師が、国産高級車でパレードをはじめる。

「内人くんが、どんなイメージを持ってるかわからないけど、ぜんぶちがってるからね。ネズミは、組織の名称欄《らん》が『空欄《クウラン》』になってることから、文字をならべかえて『クラウン』ってよぶようにしたそうよ」

頭の中から、パレードが去っていく。

ユラさんが、ほおに指をあてる。

「それにしても、さっきのおじさんは、どうしてネズミのことを知ってたのかしら」

さっきのおじさんとは、オレさんのことだ。

「ものすごいハッカーなら、ネズミの情報を知ることはできますか？」

「そうね……ＣＩＡのメインコンピュータをハッキングできるうでがあったら、できるかもね」

ユラさんの言葉に、ぼくは考える。

おそらく、オレさんはハッカーだ。『夢幻』のプレイヤーにえらばれた家出人オレの情報を横取りし、ゲームに参加した。

その理由は、ネズミから、ぼくらを守るため……？

ここで考えがとまる。

どうしてオレさんは、ぼくらを守ろうとしてるんだ？　……わからない。

まぁ、いい。助けてくれるのなら、ありがたい話だ。

で、つぎに気になることをきく。

「ユラさんは、ぼくらをねらってないんですよね？」

「さっきもいったでしょ？　信じてないの？」

すこしおこったようすで、ぼくの顔をのぞきこむユラさん。

ぼくは、ブルンブルンと首を横にふる。

頭の中にあらわれた創也が、「内人くんは将来、女の子にだまされてたいへんなめにあうような気がするよ」という。ついでに首をふって、頭の中から吹《ふ》きとばす。

あれ？

ぼくは、新たに気になったことをきく。

「参加したのは、純粋《じゅんすい》にぼくらのゲームに興味があったからっていいましたよね？　じゃあ、どうしてぼくといっしょにいるんです？　制作者側のぼくといたら、純粋にゲームを楽しめませんよ」

すると、ユラさんがニッコリほほえんだ。

ぼくのくちびるに人さし指をのばし、

「ひ・み・つ」

かるくウインク。

頭の中で、「内人くん、気をつけたまえ！　気をつけ――」と、創也がなにかさけんでるようだが、ぼくの気持ちにまではとどいてこない。

それほど、ユラさんは魅力的《みりょくてき》だった。

03　NEZUMI

まいったな……。

ちまちまゲームをじゃまするのはめんどくさい。だから、ゲーム開始直後に全員を始末しようと思ったのに、あんなじゃまが入るとは――。

家出人オレ。じつに、ふざけた名前だ。そして、あんなふざけた行動をとるとはな。

しかし、あの行動は……。家出人は、まさかネズミの存在に気づいてるのか？

……。

クックックッ……。

ダメだ、笑いがとまらない。

あの男は、ネズミがあの中にいると思ってるんだろうな。まったく、おもしろい。自分のやったことがむだだとわかったときの、家出人の顔が見てみたいものだ。

しかし、最初のチャンスをのがし、みんながバラバラに動きはじめた。

これでは、全員を始末するのはむずかしい。

……まぁ、いい。

当初の予定どおり、あのふたりにねらいをしぼればいいだけの話だ。

そのとき、じゃまをする者がいたら、いっしょに始末すればいい。

04　プレイヤー：KURII EITA

三階から二階へ移動した栗井栄太ご一行さま。

「ふむ……。あかりがつくのは、各教室だけか。廊下《ろうか》や階段の電気は、大もとできられてる。あぶなくてしかたねぇ」

先頭をいくのは神宮寺だ。手には、懐中《かいちゅう》電灯がわりのスマホを持っている。

「まったく、視界が悪いぜ」

歩きながら、神宮寺は眼鏡に手をのばす。しかし、はずしたらゲームオーバーになるのを思いだし、手をポケットにもどす。

「でも、夢の世界らしいじゃない。歩いてても、なんとなく実感がないし、体が重いわ」

ゲームをクリアしたのに、眼鏡をはずしてない麗亜が、ふぅと息を吐《は》いた。

「それは、ダイエットの失敗じゃ――」

口をはさんだジュリアスの脳天に、こぶしを落とす。その速さは、現実世界においても、ボクシング世界チャンピオン級のものだった。

「だいたい姫《ひめ》は、もうクリアしてるんだろ。だったら、いっしょにこなくていいじゃんか」

頭をおさえながら、文句をいうジュリアス。

「フッ……。ひとりだけ安全圏《あんぜんけん》にいて、みんなが苦労してるのを見るのが楽しいんじゃないの」

ほ〜ほっほっほっ！　という麗亜の高笑いが、夜の校舎にひびく。

「しかし、夢の世界か――。あいつらも、奇妙《きみょう》なゲーム世界を考えるものだぜ」

自分のことを棚《たな》にあげる神宮寺。

「すこしは楽しませてくれるといいんだが……動くだけで、こうもストレスがたまるようだと、期待しないほうがいいかもな」

ふりかえり、肩《かた》をすくめる。

「さっさとクリアして、ひきあげようぜ」

「……なめないほうがいい」

柳川が、ボソッとつぶやいた。

「一度はゲーム制作をやめることまで考えたやつらだ。なのに、復活してきた。手負いの獣《けもの》が、牙《きば》をむいてきたんだ。あまく見ると、こちらがやられる」

うす暗い夜の校舎に、柳川の声が静かに流れる。

「あのときに、とどめを刺《さ》しておけばよかったんだ。これは、栗井栄太のミスだ」

「ミス？　——とんでもない！」

神宮寺が、バカなことをというように、手をひろげる。

「敵のいない人生なんて、つまらんぜ。生きてることに、あきあきしちまう。どんなうまい酒も、おれの退屈《たいくつ》を吹《ふ》きとばしちゃくれねぇ」

口もとは笑っているのだが、目はするどくかがやいている。

「栗井栄太がもっと高くとぶには、敵がいるんだ。敵が流す血や絶望の悲鳴が、おれたちの血肉になる。それをわすれるんじゃねぇ」

聞いていたジュリアスは、ゾクリと体をふるわせる。

柳川が、フッとため息をつく。

「たしかに……アル中のリーダーを見るより、敵が絶望する姿を見るほうが楽しいな」

それを聞いた神宮寺が、ウインク。

「じゃあ、早いところクリアして、絶望の『ぎゃふん』を聞かせてもらおうか」

そのとき、廊下《ろうか》の奥《おく》でなにかが赤く光った。

一つ、二つ……ぜんぶで八つの赤い光――クモ型ロボットの目だ。

四人を安全な人間とみとめたため、赤い目が緑にかわった。

[神宮寺、ジュリアス、鷲尾《わしお》、柳川。プレイヤーと確認《かくにん》。安――]

クモ型ロボットの言葉が、とうとつに切れた。

ボール形の頭部中央に、モップの柄《え》がつき刺《さ》さっている。柳川が、近くにあったロッカーをあけ、中のモップを槍《やり》のように投げたのだ。

バチバチと火花を散らし、くずれ落ちるクモ型ロボット。

「なにやってんだよ、ウイロウ!」

神宮寺がさけぶが、柳川は聞いてない。

ロッカーの中から、ほうきとチリトリ、ぞうきんを持つ。

残り三体のロボットが、柳川にむかって足を持ちあげ、攻撃《こうげき》態勢に入った。

[柳川とほか三名を、プレイヤーではなく不審者《ふしんしゃ》と認識《にんしき》。退治します]

クモ型ロボットが動くまえに、柳川がぞうきんを投げた。

一枚を、天井《てんじょう》につけられたＡＫＢ24の監視《かんし》カメラに――。残りを、攻撃態勢に入ってる三体のロボットに――。

攻撃目標《こうげき》の位置がわからなくなったロボットは、やみくもにネットを発射しようとしたが、それもできなかった。

柳川が動いた。ほうきをふり、チリトリをブーメランのように投げる。

四体のクモ型ロボットがすべて沈黙《ちんもく》するのに、五秒もかからなかった。

「…………」

ロボットの残骸《ざんがい》をきれいにほうきではき、廊下《ろうか》をぞうきんでふく柳川。きれいになった廊下を見て、柳川がすこしだけほほえんだ。

「ウイロウ、おまえ、なに考えてんだ！」

神宮寺がいうわきで、麗亜も口をひらく。

「そうよ。この残骸は、どう見ても不燃ゴミか再生資源ゴミ。ふつうにゴミ箱にいれるなんて、非常識だわ」

観点のちがう麗亜を、廊下のはしにおく神宮寺。

「これで、おれたちも不審者《ふしんしゃ》か……。まったく、やっかいごとをふやしてくれるぜ」

柳川は、肩《かた》をすくめる。

「敵は多いほうが楽しいんじゃないのか？」

「でも、あんなロボットを相手にしながら、ゲームできるのかな？」

頭のうしろで手を組んだジュリアスが、つぶやく。

「心配ない。校舎の大きさから考えて、配置されてるクモ型ロボットの数は多くても十体。残っているのをおれたちにまわせば、全体の警備が手薄《てうす》になる。ＡＫＢ24が、そんなことをするとは思えない。——ちがうか？」

柳川が、ＡＫＢ24の監視《かんし》カメラを見る。

「…………」

沈黙《ちんもく》したままのＡＫＢ24。おそらく図星なのだろう。

神宮寺が不敵に笑う。

「まぁ、ＡＫＢ24がしかけてきたら、そんときは相手してやればいいか」

ロッカーからだしたほうきをふりかぶる。勇ましい姿というより、そうじをさぼってチャンバラごっこをしようとしてる小学生みたいだ。

「もりあがってるとこ悪いんだけど——」

麗亜が口をはさむ。

「夢の世界では、自分の好きなものがあらわれるといってたでしょ。で、あなたたちの好きなものって、なんなの？」

その質問に、

「美」

柳川が、ボソッと答える。

「おれは自由って書いたぞ」

神宮寺がいう。

「ぼく、妹！」

手をあげるジュリアス。

麗亜が、やれやれと首を横にふる。

「どうして、もっとわかりすいものにしなかったのよ。『自由』なんてどうやったら会えるのか、意味不《イミフ》よ、意味不！　まぁ、『美』は、わたしを見たらいいとしても――」

柳川が目をそらす。

「ジュリアスの『妹』っていうのも……」

「そうなんだよね。もう、ジュリエットは寝《ね》てる時間だし――。まさか、あのふたり、ジュリエットを誘拐《ゆうかい》してくるとか」

想像が暴走するジュリアスの首に、神宮寺が手をまわす。

「落ちつけ。だいじょうぶだ、心配ない。ジュリエットに手をだせるやつはいない」

「………」

ジュリアスが静かになった。

神宮寺が麗亜にきく。

「姫《ひめ》は、なんて書いたんだ？」

「そんなの、自分自身にきまってるじゃない」

ほーほっほっほっ！　と高笑いする麗亜。

――駄菓子《だがし》じゃなかったのか……。

神宮寺と柳川、ジュリアスの三人は、同じことを思った。

「でも……わたしをさがすとなると、ウイロウが『美』を見つけるのと同じくらいむずかしいわね。いや、冒険《ぼうけん》作家のわたしをあらわすのは、『美』よりも『知性』かもしれないわ」

――勝手なことをいってる……。

神宮寺と柳川、ジュリアスの三人は、同じことを思った。

「じゃあ、ここからは、それぞれで快眠《かいみん》まくらをさがしにいきましょうよ。オルールにおそわれたりしてライフポイントをへらさないように気をつけてね。——ウイロウは、『美』が見つからなかったら、わたしを見にきたらいいからね」

また、柳川が目をそらした。

かなりムッとした顔になる麗亜がつづける。

「なにかあったら、すでにクリアしてるわたしが助けにいってあげるわ。そして、早い者勝ちでクリアしていく——。おわかり？」

三人はうなずいた。

神宮寺が、小声で柳川にきく。

「なぁ……栗井栄太のリーダーって、おれだったよな？」

「…………」

柳川は答えない。

「すでにゲームをクリアしてる姫《ひめ》と神宮寺さんをくらべたら、だれが見ても、たよれるのは姫だと思わない？」

ジュリアスの言葉に、神宮寺は撃沈《げきちん》される。

そして、三人が思い思いの方向へ進もうとしたとき、麗亜がきいた。

「みんな、こわいものには、なにを書いたの？」

「…………」

だれか、答えたかもしれない。

でも、その声はあまりにかすかで、麗亜の耳にはとどかなかった。

05　プレイヤー：SANADA＆KENICHI

窓を通して、満月の光が入ってくる。それでもうす暗い、三階の廊下《ろうか》。

――にげちゃダメだ。にげちゃダメだ。

健一は、心の中で、呪文《じゅもん》のようにくりかえす。

――真田女史を守るんだ。そのぼくが、にげちゃダメだ。

彼《かれ》には、こわいものが山のようにある。暗い場所、オバケ、ゾッとする話に肝《きも》だめし――。考えないようにしても、テレビの心霊《しんれい》番組や怪談話《かいだんばなし》を思いだしてしまう。

――負けるな。がんばれ、自分！

前かがみになってしまうのを、むりやり胸を張って、堂々と歩く。

――よし、この調子だ。がんばれ、健一！　真田女史を守るんだ。

天井《てんじょう》を見るぐらい胸を張り、うでを大きくふる健一のうしろで、志穂《しほ》は知っていた。

――あの姿勢じゃ、足もとが見えてない。『夢幻《むげん》』の眼鏡のせいで、ただでさえ視界が悪い。いまから十三歩目で、健一くんは階段から足をふみはずす。

志穂はまよっていた。

――彼《かれ》をとめるには、うしろから手をひっぱるか、だきとめるしかない。

想像するだけで、志穂のほおは赤くなる。

そして、まよってる時間がないことも、志穂は知っている。

――階段につくまで、あと三・五秒。はやくしないと、けがをする。

志穂が、だきとめるため両うでをのばそうとしたとき、健一が不意に立ちどまった。

健一の背中にぶつかりそうになって、志穂は足をふんばる。

「どうしたの、健一くん?」

「……聞こえない?」

健一が、階段のほうを見たまま答えた。予想外の出来事に、とまどってるのが伝わってくる。

志穂は、健一以上にとまどっていた。

――どうして彼は立ちどまったの? こんな未来は、見えてなかった……。

自分に見えない未来がある。はじめての経験に、志穂は恐怖《きょうふ》する。

しぜんと、健一の背中にはりつくように立っていた。そして、健一の肩《かた》ごしに階段のほうをのぞきこむ。

ミシ……ミシ……。

階段がきしむ音が、眼鏡のフレームから伝わってくる。

志穂には、すぐにわかった。

——のぼってくるのはゲームプレイヤーではない。プレイヤーなら、いろいろ警戒《けいかい》しながら歩いているはず。足音の主には、それがない。

背中においた手を通して、健一がふるえているのがわかる。

コールタールのようにたまった闇《やみ》の中をのぼってくるもの。その顔が、窓から入った光にうかぶ。

健一は、思わず悲鳴をあげた。

月あかりにうかびあがったのが、自分の顔だったからだ。

志穂は、ほおを赤らめる。

――このゲームには、自分の好きなものがでてくる。自分の好きなもの……。

彼女《かのじょ》は、自分の好きなものとして、アバターの健一があらわれたのだと考えた。

――自分の好きなものから手がかりがもらえるって、竜王くんがいっていた。つまり、アバターの健一くんと接触《せっしょく》しようとするのは、プレイヤーとしては当たり前の行動。なにも邪《よこしま》な気持ちはない。

自分の気持ちに理論づけする志穂。

前にでようとした彼女の手を、健一がつかんだ。

そして、

「うわわわわわ！」

悲鳴をあげながら、走りだす健一。しっかり志穂の手をにぎって――。

調理室に入るふたり。

あかりをつけ、戸をしめる。

健一は机を積んでバリケードをつくろうとしたのだが、調理室の机は床《ゆか》に固定されていて動かせない。

しかたないので、そうじ用具をいれるロッカーをひっぱってきて、戸の前におく。

――これじゃあ、アバターの健一くんが入ってこられない。

志穂はこまっていた。

――ゲームクリアのため、アバターの健一くんに会わないといけない。あくまでも、ゲームクリアのために。

バリケードをつくりおえ、部屋のすみにいってひざをかかえる健一。

「あの、健一くん……」

志穂が声をかけると、

「あれは、ぼくだ」

せっぱつまった声がかえってくる。

「創也の説明にあっただろ。自分の好きなものや、こわいものがあらわれるって――。さっきのは、ぼくがこわがってるものだ」

「えっ？」

おどろく志穂。

——あのアバターをだしたのは、わたしじゃなかったの？

「健一くん……自分が、こわいの？」

志穂はきいた。

彼女《かのじょ》には、理解できなかった。

——わたしは好きなのに……。

「ぼくは、弱い自分がこわいんだ」

ボソッと健一がいう。

「弱いから、いざというとき闘《たたか》えない。大事なときににげだして、だれかを傷つける。そして、だれも守れない。ぼくは、そんな弱い自分がこわいんだ」

志穂を見る健一。

「こんなの、真田女史にはわからないだろ」

「………」

志穂は悲しかった。同時に、腹立たしかった。

――なによ！　勝手に、わたしにはわからないって決めつけて――。わたし、知ってるよ。健一くんが弱いのも、そんな自分をいやがってるのも。そのうえで、わたしは、健一くんが好きなのに……。なのに、わたしにはわからないって……。

志穂は、奥歯《おくば》をかみしめる。そうしないと、なみだがこぼれてきそうだったから。

――よし！

志穂は、大きくうなずくと、健一が積みあげたロッカーに手をかける。

「なにすんだよ、真田女史」

おどろく健一に、志穂はいう。

「アバターの健一くんに会いにいくの」

「どうして？」

「だって、わたし、アバターの健一くんをこわくないから」

「でも……」

健一は、言葉がでてこない。

彼《かれ》には、きゅうに志穂が不きげんになった理由がわからない。

志穂が健一を見る。

「わたし、いくけど――。健一くんはどうする？」

「……………」

足が動かない健一。

そのとき、足もとをなにかが走った。

「えっ、なに？」

よく見えなかった志穂に、健一が、

「ゴキブリだよ」

あっさりいった。

固まる志穂。

じつは、彼女《かのじょ》はゴキブリが苦手である。なぜだか理由はわからない。はじめて見たときから、全身が凍《こお》るような恐怖《きょうふ》を感じる。

その後は、時見《ときみ》の能力を使って、会わないようにしてきた。

――このゲームがはじまってから、時見の能力が弱くなってる。そのことで、こんな恐怖を味わうなんて……。

ふるえる志穂に、健一が明るい笑顔《えがお》をむける。

「だいじょうぶだよ。さっきのゴキブリ、本物じゃないよ」

「えっ？」

「いくらここが調理室だからといって、もう長いこと使われてないんだ。えさになるものだって残ってないから、ゴキブリがいるはずないんだ。つまり、あれはギミック」

「ギミック……」

「いかにも、竜王らしいと思わない？」

楽しそうにほほえむ健一。

対照的に、志穂は無表情。心の中では、どうやって竜王創也にしかるべき報《むく》いをくらわしてやるかを考えていた。

健一が、力強い声でいう。

「あのさ、真田女史――。あらためて思ったんだけど、アバターもギミックも現実に存在しないよね。このゲームの中では、本物のようにせまってくるけど、あくまでも現実にはないもの。そんなのをこわがる必要ない。でも――」

ニカッと笑う健一。

「こわいものは、こわいよね？」

だまってうなずく志穂。

「ぼくは自分のアバターがこわいけど、真田女史はへいき。真田女史はゴキブリのギミックがこわいけど、ぼくはだいじょうぶ。だから、おたがいに助けあってゲームを進めればいいんじゃないかな?」

「…………」

「調理室をでて、快眠《かいみん》まくらを見つけにいこう。そして、この悪夢の世界をおわらせよう」

健一が、バリケードに使っていたそうじ用具のロッカーをどける。

手を貸す志穂。

「あのさ――。いま、真田女史がなにを考えてるか、あててみせようか」

志穂はおどろいた。そんなことをいわれたのははじめてだ。

「竜王に復讐《ふくしゅう》しようと思ってるんじゃない? 自分にゴキブリを見せた恨《うら》みを、どうやって晴らそうか考えてる。――正解?」

どうしてわかったのか、不思議な志穂。

「ぼくも同じことを考えてるからね。よくわかるんだ」

それを聞いて、志穂は、なんだかとてもうれしくなった。

とたんに、視界が晴れたような感覚。

――時見の能力がもどった……。

目をとじると、これからおこる数時間の出来事が、一瞬《いっしゅん》で志穂の頭の中をかけぬけた。

「健一くん……。とりあえず、どっちへいくの？」

「まず、一階におりてみようと思うんだけど――。真田女史は、どう思う？」

志穂は、だまってうなずく。

彼女《かのじょ》には、わかっていた。

これからゲームをクリアするまで、健一は、まるで未来が見えているかのように、まようことなくプレイをつづける。

オルールやAKB24の攻撃《こうげき》にあわない最適のルートをえらび、快眠《かいみん》まくらをさがす。

――快眠まくらは、図書室の廃棄本《はいきぼん》が入った書庫の中にある。大量のギミックのまくらにおしつぶされるようにして、本物の快眠まくらがある。

志穂の目には、ゲームクリアまでの未来が見えている。

とちゅう、健一のアバターに出会った。でも、健一はにげなかった。

すこし声がふるえていたが、むりに笑顔《えがお》をつくった。

「やぁ。……はじめましてでいいのかな?　あのさ……ぼくはぼくなりにがんばるから、おまえもがんばれよ」

健一が、アバターの肩《かた》をポンとたたく。

音もたてず、アバターが消えた。

健一は、志穂のほうを見て、Vサインをだす。

それを見て、志穂は小さく手をたたく。

06　プレイヤー：HORIKOSHI＆F

月の光もさしこまない、二階廊下《ろうか》のすみっこ。

ときどき、校舎のあちらこちらから、悲鳴に似たような音が聞こえてくる。

それを聞きながら、堀越ディレクターは、となりにいるFにいった。

「もりあがってるようだな」

「そうっすね」

ボソッとしたFの声。

堀越ディレクターと二十六人の部下たちは、ゲームに参加してテレビ番組をつくると同時に、いくつかの動画共有サービスからゲームの実況《じっきょう》をしようと計画していた。

『夢幻《むげん》』は、参加者が制限されたうえに、会場の近くにも立ち入ることができない。

そこで、多くのゲームマニアが、動画共有サービスでおこなわれるゲーム実況を楽しみにしていたのだ。

「いまごろ、実況《じっきょう》がはじまらないって、大さわぎになってるっしょ」

また、Fがつぶやく。

「ジャパンテレビに苦情の電話やメールが殺到《さっとう》してるのは、確実っす。堀越さんの立場、だいじょうぶっすか?」

「そうだな……。あんまりだいじょうぶじゃないだろうな……」

口でいってるわりに、こまったようすのない堀越ディレクター。

「まぁ、わたしの立場は、いつも崖《がけ》っぷちだからね。あせってもしょうがないといえば、しょうがない。残念なのは、プレイだけでなく撮影《さつえい》も中断してしまったことだ。これでは、視聴率《しちょうりつ》をかせぐことができない」

「おれ……このまま堀越組にいても、だいじょうぶすか?」

心配そうなF。

「わたしと組んでたら、ジャパンテレビの中で出世するのはむりだよ。その点は、覚悟《かくご》しておいたほうがいい」

上司としてビシッといったのだが、言葉の中身がなさけない。

Fがため息をつく。

「おれ……ほんとは、映画撮《と》りたいんすよ。で、テレビ局に入ったら、なんとかなるかなって思ったんすけど――。転職、考えようかなぁ……」

「優秀《ゆうしゅう》な部下を失うのは、つらいなぁ……」

堀越ディレクターも、ため息をつく。

「致命的《ちめいてき》なミスは、あの家出人というプレイヤーを見失ったことだ。おかげで、クモ型ロボットとの死闘《しとう》を撮りそこねた……」

悲しそうに首を横にふる。

その横で、Fも首を横にふる。

「いや……致命的なミスは、階段をおりるときに堀越さんがころんだことじゃないすか？　それをおれが助けようとしてさわいでるところを、クモ型ロボットに見つかった。――これこそ、まごうかたなく致命的だと思うんすけど――」
ふたりの体は、ロボットの発射した捕獲用《ほかくよう》ネットで、グルグル巻きになっている。

堀越ディレクターが、廊下《ろうか》の天井《てんじょう》につけられたAKB24の監視《かんし》カメラにむかって、やさしい口調で語りかける。
「わたしたちは、罪なき一般《いっぱん》市民です。どうか、このネットをはずしてくれませんか?」
[あなたたちは、テレビカメラで、わたしの防犯システムを撮影《さつえい》しました。なおかつ、それをネットで拡散《かくさん》しようともしましたね]
「いや、それは誤解です。わたしたちは、テレビの番組作りをしていただけで――」
[これは、万死《ばんし》に値《あたい》します]
AKB24は、堀越ディレクターの声を聞いてくれない。
[よって、ゲーム終了《しゅうりょう》を待って退治します。それまでは、その姿のまま、おとなしくしていてください]
堀越ディレクターとFが、ガックリと肩《かた》を落とす。

GAME《ゲーム》 OVER《オーバー》:HORIKOSHI & F
REMAINING《リメイニング》 PLAYER《プレイヤー》:10

07　プレイヤー：IEDENIN＆スタッフ：AOYAMA

「おお、ここは宝の山だ」

一階廊下奥《ろうかおく》——保健室に入った家出人オレ。薬品棚《だな》の薬びんや担架《たんか》、包帯をたしかめる。

「開校がせまってるだけあって、薬品もそろってるな。ゲームマスター、いい仕事してくれるぜ」

いっしょににげてきた青山は、その場にへたりこんだ。

それを見て、家出人がいう。

「なんだ、どこかけがしたのか？　安心しろ、ここは保健室。薬も包帯もある」

「いや……ただ疲《つか》れただけです」

青山が、尊敬の目を家出人にむける。

「あなたはすごいですね。若いとはいえない年齢《ねんれい》なのに、わたしを助けながら、あのロボットた

ちをこわすなんて」

「まえに、警備会社でバイトしたことがあるんだ。そのとき、セキュリティシステムの弱点とか教えてもらってな。AKB24の監視《かんし》カメラには、まだ死角が多いな」

答えながらも、薬品のチェックをつづける家出人。

青山がきく。

「なにをしてるんです?」

「ここから、ヤバイ場面がつづきそうだからな。使えそうな薬品をさがしてるんだ。かんたんに退治されるようなヤワなやつばかりじゃないことを、教えてやろうと思ってな」

「そんなことができるんですか?」

「おれの知り合いに、もっとすごいやつがいるぜ。そいつが学校に立てこもったら、軍隊も手出しできないだろうな」

うそをいってるようには見えないと、青山は思った。

同時に、不思議だった。

家出人がやってること――それは、『夢幻《むげん》』をクリアするのに必要とは思えないことばかりだった。

「あなた……ゲームをクリアするのが目的じゃないんですか？」

「おれの目的は、ネズミ退治さ」

「ネズミ……退治？」

「害虫駆除《くじょ》の会社でバイトしたこともあるんだ」

ふりかえった家出人が、ニヤリと笑った。

ゾッとする青山。

家出人がいう。

「このさき、おれは自分のことで手いっぱいになる。まきこまれるのがイヤなら、早いところ、おれからはなれたほうがいい」

青山は、悪魔《あくま》でも見るような目を家出人にむけると、保健室をでた。

08　プレイヤー：MITSUKI & ENDOU

「こんなゲームもあるんだね。いや、ぼくだって、人並みにゲームはやってきたよ。学生時代は、ロールプレイングゲームに没頭《ぼっとう》した。いまは、携帯《けいたい》ゲームばかりだけどね」

廊下《ろうか》を歩きながら、三津木は話しつづける。

そのうしろを歩く遠藤は、なにもいわない。

「このあいだ、開発部の研修で、主任といっしょにゲームショーにいったんだけど、おどろいたよ。ヴァーチャルの世界は、思ったより進化してる。きみも、AR技術のことは聞いたことがないかな？　でも、今回のS・NSは、もっと驚《おどろ》きだね。ここまできたら、なにが現実かわからなくなってくるよ。じつにたいしたものだ」

だまっていると闇《やみ》におしつぶされると思っているかのように、三津木は話しつづける。

そして、心の中では、まったくちがうことを思っていた。

──なんで、大学院までいったぼくが、こんな中学生がつくったゲームに参加しないといけないんだ。だいたい、ぼくはゲームなんかに興味ないんだ。竜王グループの一社員として、しかたなく参加してるだけだ。でもなぁ、なにも、こんな深夜にやらなくてもいいじゃないか。時間外勤務手当もつかないし、いっしょに参加してる遠藤くんは無口だし……。はやく帰りたいよ。

だが、そんなことはすこしも表情にださない。

自分は、竜王グループのためなら、どんなことでもやります。竜王グループのために働ける自分は、最高の幸せ者です。──そんな表情を、いつも心がけている。

笑顔《えがお》の下にかくしているのは、野心《やしん》。

三津木の望みは、出世すること。竜王グループの上層部に入りこみ、ゆくゆくはグループ全体を動かせる地位につきたいと考えている。

──竜王グループ次期総帥《そうすい》は、竜王創也に決定している。ぼくは、あのおぼっちゃんにとりいって、信頼《しんらい》されればいい。そして、表にでることなく、おぼっちゃんをかげで操縦《そうじゅう》すればいい。

その日を想像すると、しぜんに笑みがこぼれる。

「しかし、こんなゲームを中学生でつくってしまうとは、竜王創也という人物は傑出《けっしゅつ》した人だといえるね。竜王グループは、安泰《あんたい》だと思わないかい？」

ふりかえって、遠藤を見る。

だまってうなずく遠藤。

——なんだか、張り合いがない女だ。

前にむきなおり、肩《かた》をすくめる三津木。

——まぁ、いい。ぼくが出世したら、彼女《かのじょ》のように愛想《あいそ》のない社員は——。

そこまで考えたとき、うす暗い廊下《ろうか》のむこうに人影《ひとかげ》を見つけた。

小柄《こがら》な女性だ。ワンピースに長い髪《かみ》。やさしそうな笑顔《えがお》をうかべている。

——こんな人、プレイヤーの中にいたか？

さっきまで音楽室にいた人を思いうかべる。派手なボディコンの女性はいたが、こんな地味な人はいなかった……。

「こんばんは、三津木くん」

名前をよばれ、おどろく三津木。

——どうして、ぼくの名前を知ってるんだ？

三津木のようすを見て、女性はすこしさびしそうにいう。

「先生のこと、おぼえてませんか？」

ようやく思いだした。青山先生の妹——青山葉子《ようこ》先生！　三年生のときの、担任の先生。

あのころのままの姿で、葉子先生が立っている。

「すみません、暗くてわかりにくかったんです」

三津木はごまかすが、同時に不思議にも思っていた。

——相手は、本物の葉子先生じゃない。アバターだ。でも、アバターなら、だれがだしたアバターだ？　先生のことを知ってるのは、プレイヤーのなかでは自分だけ。じゃあ、自分がだしたのか……？　そんなことはない。だって、いままで葉子先生のことはわすれてたんだぞ。アバターでだすわけない……。

そこまで考えたとき、三津木のほおを冷たい汗《あせ》が流れる。

——しかし、もしS・NSが深層心理からアバターをつくる能力があったら……。ぼくは——いや、ぼくだけじゃない。クラスのみんなは、葉子先生に罪悪感を持っている。

女性の先生で、あまく見ていた。反抗期《はんこうき》ということもあり、クラスのみんなが先生のいうことを無視した。卒業式の直後、先生が体をこわして入院したのを知っても、だれも気にしなかった。同窓会でも、先生の名前がでると、すぐに話題をかえた。

どれだけ先生が自分たちのことを真剣《しんけん》に考えていたか――わかったのは、すこし大人になってからだった。

――だが、わかったからといって、なにがかわるわけでもない。

三津木にとって、葉子先生は、あまり思いだしたくない中学時代の思い出そのものだった。

だまりこんでいる三津木に、アバターの葉子先生がきく。

「元気にやってますか？」

「はっ、はい！」

相手がアバターだとわかっていても、直立不動になってしまう三津木。

――落ちつけ。葉子先生は、体も治って、元気に教師をつづけてるって聞いてるじゃないか。なにも気にする必要はない。

葉子先生が、ニッコリほほえむ。心の底からうれしそうな笑顔《えがお》。

「それを聞けて、先生は、とてもうれしいわ。卒業まで、みんなといっしょうけんめいがんばったもんね」

そしてとつぜん、葉子先生は消えた。

「先生……？」

三津木は、だれもいなくなった廊下《ろうか》を見る。

そのとき、葉子先生が立っていたむこうに、赤く光るものに気づいた。

——なんだ……？

ポツンと光るもの。それがクモ型ロボットの赤い目だと気づいたとき、

［不審者《ふしんしゃ》を発見。退治にかかります］

天井《てんじょう》の監視《かんし》カメラから、ＡＫＢ24の声がした。

「ちょっと待て！　ぼくらは不審者じゃない！」

スマホをだし、ＡＫＢ24の動きをとめようとしたが、おそかった。

発射されるネット。

三津木は、頭からネットに包まれ、身動きがとれなくなり、廊下にころがる。寝返《ねがえ》りを打とうにも、体が動かせない。

「遠藤くん、無事か？」

「…………」

返事がない。

体の向きをかえてようすを見ようにも、全身をおおうネットのせいで体が動かせない。それに、ネットの目はこまかく、すきまから外を見ることができない。

堅《かた》くて冷たい廊下《ろうか》の板にほおをつけ、三津木は考える。

［退治します。退治します――］

クモ型ロボットが、走り去る音がする。

三津木は、ため息を一つつき、体の力をぬいた。

――これでゲームオーバーか……。べつに残念でもない。それより、このままねむってしまえば疲《つか》れもとれる。ひょっとして、いいことばかりじゃないか？

そのまま、三津木は本物の夢の世界に入っていった。

GAME《ゲーム》 OVER《オーバー》：MITSUKI & ENDOU
REMAINING《リメイニング》 PLAYER《プレイヤー》：08

09 ゲームマスター：SOUYA＆スタッフ：TAKUYA＆KUROKAWA

校長室には、十八台のモニターが運びこまれている。

そのうち十六台がＡＫＢ24と連動し、校舎内を映す監視用《かんしよう》になっている。残り二台には創也のコンピュータがつながれ、Ｓ・ＮＳが起動している。

「もう四人もゲームオーバーになるとはね……。まだ、本格的にアバターもアイテムもだしてないのに」

いすにすわって監視用モニターを見ていた創也がつぶやく。

「もっとも、いきなり麗亜さんにクリアされたのは、すこしショックだったかな……」

その表情は、〝すこし〟ではなく〝かなりショック〟だったことを語っている。

「さて、このあとギミックとアバター、オルールを大量投入する計画だけど、あっというまにプレイヤーは全滅《ぜんめつ》するんじゃないかな？」

「それはどうでしょう?」

黒川《くろかわ》部長が、口をはさむ。

「わたしには、何人かのプレイヤーは、ただ者ではないと思えるのですが――」

「だれのことです?」

創也がきくと、黒川部長が手をのばし、モニターを操作する。

「まず、創也さまのご友人の内藤さま。いっしょに行動されている浦沢《うらさわ》さま。創也さまのご学友の真田さま。栗井栄太ご一行さまの残り三名。そして、家出人オレさま――」

モニターに、黒川部長が名前をあげたプレイヤーが映る。

「つまり、健一くん以外、残りのプレイヤー全員が、ただ者じゃないってことですか?」

黒川部長は、創也の質問に答えず、モニターを操作する。

「とくに、この家出人オレさまの動きには、注意されたほうがいいと思います」

モニターに大写しになる家出人オレ。保健室のベッドで、ゴロゴロしている。

「ほんとうに……この人に気をつけないといけないんですか?」

理解できないという感じの創也。

モニターの中で、ベッドからころげ落ちた家出人が腰《こし》を打つ。

痛そうに起きあがり伸《の》びをする家出人を見て、もう一度、創也はきいた。

「ほんとうに、この人？」

ほほえんだまま答えない黒川部長。でも、そのほおを汗《あせ》がひとすじ流れるのを、創也は見のがさなかった。

とつぜん立ちあがった卓也が、創也と黒川部長にいう。

「いまから、校内の見回りにいってきます」

「えっ、あの……卓也さん？」

創也は、卓也がきゅうになにをいいだしたのかわからない。

「生徒になにかあるといけませんから。わたしが見まわって、生徒の安全を確保します」

敬礼する卓也。

その姿は、中学校教師というより、特殊《とくしゅ》部隊の兵士のようだった。

「いってきます」

卓也が校長室をでていき、創也と黒川部長が残された。

「二階堂《にかいどう》に、ゲーム内での教師役だということは伝えてあるんですか？」

卓也がでていったドアのほうを見たまま、黒川部長がきいた。

「……いったんですけどね」

創也も、ドアを見たまま答えた。

ため息をつく黒川部長。

「この数日、二階堂は、ずっと教師になる勉強をしていました。あの集中力と彼《かれ》の才能から考えて、いまの彼なら、まちがいなく教員採用試験をトップ合格するでしょう」

黒川の言葉に、創也はだまってうなずく。

そして、ひとりごとのようにつぶやく。

「任務の内容を正確に理解できないほど、卓也さんの転職願望が強くなってる……。どうして、あんなに転職したいんだろう？」

黒川部長は答えない。

——〝創也さまのお守《も》りが〟イヤでイヤでしかたがないんですとは、いえない。わたしも、まだ出世したい気持ちが残っている。

不思議がる創也は、肩《かた》をすくめると、コンピュータの前にもどった。

「でもいまは、卓也さんのことより『夢幻《むげん》』の進行を考えないと——」

指がキーをたたく。

S・NSが起動しているモニターに、見たことのないアバターが映っている。

——なんだ……?

創也は、各プレイヤーの個人データからつくったアバターやギミック、それらすべてをおぼえている。

なのに、モニターで踊《おど》ってるのは、つくったおぼえのないものだった。

「ふむ……」

創也は、キーをたたき、モニターにプログラムのリストをだす。すごいスピードでスクロールさせてチェックするが、やはりあてはまるものがない。

「どうかされましたか?」

黒川部長が、創也のようすに気づき、声をかけた。

「どこかのだれかが、S・NSのシステムに介入《かいにゅう》しました。自作のアバターを送りこんできてます」

「ネズミでしょうか……?」

「………」

創也は答えない。真剣《しんけん》な目で、アバターを見つめている。

どことなく古くさいデザインのアバター。服装は、シャツにスラックス。いや、スラックスというより〝ズボン〟というほうが似合ってる。

アバターがダンスをやめて、ポケットから紙をだした。その紙をひろげると、書かれている文字が拡大《かくだい》されて映った。


警告を無視し、聖地を荒《あ》らした罰《ばつ》をあたえる。

地獄《じごく》の業火《ごうか》に焼かれて苦しめ。


アバターは、紙をたたむと消えてしまった。

創也がキーをたたく。

「ふむ……。きれいに痕跡《こんせき》を消してますね。デザインは古くさいけど、なかなかあざやかです」

すこしうれしそうに、いった。

「どう思いますか？」

黒川部長がきいた。

「どう思うも、こう思うも——無視するしかありませんね。相手は、すでに罰をあたえることを決めている。〝やめてほしかったら〟という条件もだしてない。つまり、ゲームを中断しても、相手は罰《ばつ》をあたえる気満々なわけです。無視するしかないでしょ?」

創也が、肩《かた》をすくめる。

「それに、ぼくは『夢幻』を中止するつもりはありません」

「なるほど。的確な状況《じょうきょう》判断だと思います」

うなずく黒川部長。

創也が黒川部長を見る。

「ぼくからも、おききします。――ぼくに、どうしてほしいんですか?」

「…………」

黒川部長は答えない。

「そろそろ竜王グループの考えを聞かせてほし

いですね」

「どういうことでしょう?」

首をひねる黒川部長を見て、創也がニヤリと笑う。

「ぼくは、おばあさま——竜王グループの会長がどういう人間か、よく知ってます。どれだけすごいゲームを見せても、それが竜王グループの確実な利益につながらない以上、興味をしめさない。そんな人です。それが今回、あっさりと竜王学園の校舎を使う許可をだした。なぜか?」

「……………」

「そして、AKB24とS・NSのシステムの脆弱性《ぜいじゃくせい》。倉木《くらき》博士が開発したものにしては、もろすぎます。まるで、わざとハッキングをさせようとしてるかのようです。この点を倉木博士に確《かく》認《にん》したら、先日、竜王グループから脆弱性を持たせるよう依頼《いらい》があったとみとめられました。なぜ竜王グループは、そんな依頼をしたか?」

「……………」

黒川部長は、無表情で創也の話を聞いている。

創也が、指を一本のばす。

「ぼくは、こう思うんです。おばあさまは最初から、『夢幻』を使ってネズミをあぶりだすつもりだったんだと――」

「…………」

「そう考えると、黒川部長まできてくださった理由も説明できるんです。竜王グループは、ぼくのお守《も》りなら卓也さんだけで十分と考えてますからね。あなたまでだす理由がないんです。『夢幻』のサポートは表向きの仕事。ほんとうの仕事は、ネズミの確保――ちがいますか？」

創也に見つめられ、黒川部長の細い目がさらに細くなった。

「わたしは一介《いっかい》の部長職です。業務命令を軽々しくもらすわけにはいきません」

「ふっ……タヌキですね」

うやうやしく、頭をさげる黒川部長。

創也の指がキーボードにのびる。

各プレイヤーに送るメッセージを入力する。


バグが発生しました。バグの名前は『ネズミ』。

ネズミは、各プレイヤーに危害をくわえる可能性があります。みなさん、ネズミに気をつけてください。

そこまで打って、創也はうでを組む。そして、追加のメッセージを入力する。

なお、ネズミを退治したプレイヤーには、無条件でナイスピローがあたえられます。ちまちまとナイスピローをさがすのは性《しょう》にあわないと思うプレイヤーは、ネズミ退治をがんばってください。

また、うでを組む。

そして最後に、こうつけくわえた。

GOOD《グッド》 LUCK《ラック》!

メッセージは、各プレイヤーの眼鏡に映しだされる。

10 プレイヤー：JULIUS

神宮寺たちと別れたジュリアスは、校舎の見取り図を見ながら、二階のコンピュータ教室へむかう。

――ぼくは、好きなものにジュリエットと書いた。しかし、みんながいうように、寝《ね》ている妹をゲームに参加させるのはむりだ。だったら、ほかに好きなものを考えないといけない。

そう考えたとき、思いついたのがコンピュータだ。

――コンピュータは、コンピュータ教室にある。そこに手がかりがなかったら、職員室へいってみよう。

警戒《けいかい》しながら、階段をおり、廊下《ろうか》を進む。

――ウイロウの話だと、クモ型ロボットは、残ってる数から考えても、そんなに心配することはない。こわいのは、ギミックやオルール。なんせ、ゲームマスターの性格がねじ曲がってるからな……。ものすごくイヤなギミックをだしてくるはずだ。

しかし幸運なことに、ＡＫＢ24やオルールの攻撃《こうげき》にあうことなく、ジュリアスはコンピュータ教室につくことができた。

ドアをあけようとすると、あかない。

ノブの上になにかある。

スマホの光をかざすと、「０」から「９」までのボタンがついた電子錠《でんしじょう》が、光の輪にうかびあがる。数字の上には、小さなディスプレイ。そして、「四桁《けた》の暗証番号を入力してください」と書かれた紙がはってある。

ジュリアスは、ゲームがはじまってからいままでに、見たり聞いたりしたことを思いだす。

――そのなかに、四桁の数字になるようなヒントがあったか？

「…………」

――なかったじゃないか。

ジュリアスは、ためしに「００００」といれてみる。

ディスプレイにうかびあがる、赤い「Ｅ」の文字。

――「ＥＲＲＯＲ《エラー》」の『Ｅ』か。

つぎの数字を考えていたら、眼鏡のすみに映っていた「100」が「90」にへった。

――なんだ？　ミスすると、ライフがへるの？　そんなの聞いてないよ。

おどろいていると、

「なにやってんの、ジュリアス？」

背後から声をかけられ、もっとおどろいた。

いつのまにか、麗亜が立っている。

「ビックリさせないでよ、姫《ひめ》」

ジュリアスは、ドキドキする心臓をおさえる。

「そんなにおどろくことないでしょ。――それより、なにやってんの？」

ペロペロキャンディをなめながら、麗亜がきく。

「見てわかるだろ、暗証番号を入力してるんだよ。姫、なにか心あたりない？」

ジュリアスが説明すると、麗亜は大きなため息をついた。

「あのね、ジュリアス。このゲームは、夢をあつかってるって聞いたでしょ。わすれたの？」

「おぼえてるけど……」

そして、ジュリアスは気づいた。

「なるほど」

はいていたくつをぬぎ、ふりかぶる。そして、電子錠《でんしじょう》にたたきつけた。

軽い手応《てごた》えを感じた瞬間《しゅんかん》、電子錠が消えた。

「電子錠はギミックだった。そして、電子錠が消えると――」

ドアノブに手をかける。

「こうしてあく。なかなか凝《こ》ったしかけだね」

ジュリアスと麗亜はコンピュータ教室に入ると、電気をつけた。

白い室内に、ずらりとならんだコンピュータデスク。

「機械はいれてあるけど、また使えないのかな」

ジュリアスが、デスクにのっているコンピュータをたたく。力をくわえても消えないから、ギミックではない。

「そうでもなさそうね」

麗亜が、教室のうしろのほうを見る。

窓ぎわのいちばんうしろの机。そこから、キーを打つカタカタという音が聞こえてくる。

いや……最初、キーの音とは思えなかった。夕立が屋根を打つよりも速い音――。

——だれかいるのか……。

モニターのむこう側で、金色の長い髪《かみ》がはねた。

「もぅ、なんやの、これ！　キーの反応速度が、おそすぎるやん」

その声を聞いて、ジュリアスはおどろいた。

「ジュリエット！　——どうして、ここにいるんだ？」

モニターのむこうから、ジュリエットが顔をのぞかせる。

「兄ちゃん、見てや、このマシン。いくら中坊《ちゅうぼう》が使う機械やゆうても、スペック低すぎやで。教育委員会に、コンピュータにくわしい人、おらんのちゃうやろか。そやで、ぼったくられたんやろ。うちやったら、おんなじ予算で、もっとハイスペックのマシンを仕入れたるけどな」

妹の声を聞いて、ジュリアスは、なんだかとてもひさしぶりのような気がした。同時に、まるではじめて聞くような感じにも、とまどった。

——とにかく、ジュリエットが、ここにいるのがおかしいんだ。いまは、寝《ね》てる時間じゃないのか……。

「なとしたん、兄ちゃん？」

ジュリエットが、小首をかしげる。

双子《ふたご》の妹のジュリエット。ジュリアスは、鏡に映った自分を見てるような気がした。

——なにも考えるな。この話し方や態度、まさにジュリエットだ。にせものが変装してるレベルじゃない。

眼鏡に映った数字が「１００」にあがる。

ホッとするジュリアス。

「けったいな、兄ちゃんやな」

ほほえむジュリエット。ジュリアスは、とても幸せな気持ちになった。

そのとき、

「ほんとに、〝けったいな〟お兄ちゃんね、ジュリアスは」

耳もとでささやき声。

うす笑いをうかべた麗亜が立っている。

「なんだよ、姫《ひめ》。どういう意味さ？」

「あなた、あのジュリエットが——」

「なんだ、ジュリエット、きてたのか！」

とつぜんの声が、麗亜の言葉をさえぎった。

大げさに手をふりながら、神宮寺がコンピュータ教室に入ってきた。

そして、麗亜からひきはなすように、ジュリアスの肩《かた》をだきしめる。

「よかったな、ジュリアス。妹もきてくれてさ」

「なによ、神宮寺ちゃん。わたしの話のじゃましないでよね」

文句をいう麗亜を、

「どんな話をするつもりだ？」

神宮寺がにらみつける。

怒《いか》りのこもった声に、ジュリアスはゾクリとする。

——神宮寺さん、どうして、こんなにおこってるんだ？

いっぽう、麗亜はなにも感じてないかのように、肩をすくめる。

「わたしは、ジュリアスにほんとうのことを教えてあげようって思っただけじゃない」

——ほんとうのこと？　ほんとうのことって……？

「考えるな、ジュリアス」

神宮寺のするどい声。

「いいか、こいつは本物の姫《ひめ》じゃない。S・NS内のアバターだ」

「え？」

おどろいて麗亜を見るジュリアス。

「あ～ら、わかってなかったの？」

悪びれるようすもなく、麗亜がいう。

ジュリアスは、じっくり麗亜を見た。

——これが、アバター……。本物と区別できない……っていうか、どこが本物とちがうんだ？

「わからなくて当然だ。このアバターは、おまえがつくりだしたもの。動かしてるのは、おまえの意識。おまえが本物と信じてるから、見分けがつかないいんだ」

とまどっているジュリアスに、神宮寺がいう。

ジュリアスが、ききかえす。

「ぼくがつくったって、どういうこと？」

「おまえ、自分のこわいものに、姫《ひめ》の名前を書いたんじゃないか？」

「そうだけど――」

「おれも同じだ」

胸を張って神宮寺が答えた。

「さっき、おれは、アバターの姫に会ったよ。しばらく話していて、アバターだとわかった。本物の姫はこわいけど、アバターほど不快なこわさを持っちゃいねぇ」

アバターの麗亜が、肩《かた》をすくめる。

「本物とアバターを、すぐに見分けられないなんて……。ジュリアスも神宮寺ちゃんも、頭の動きがにぶってるわね。そういうの、寝《ね》ぼけてるっていうんじゃない？」

赤いくちびるをゆがめて笑う。

神宮寺が、「けっ！」と顔をしかめる。

「アバターのくせに、ずいぶんえらそうだな。あんまり、なめた口きくと、S・NSごとほろぼしてやるぞ」

――神宮寺さんは、アバターの姫《ひめ》には強気にでられるんだな。

ジュリアスは、みょうに冷めた頭で考えた。

「今後、おれたちに近づくな」

神宮寺は、気の弱い者なら精神的外傷が残りそうな笑顔《えがお》を、アバターの麗亜にむけた。そして、両うででジュリアスとジュリエットをかかえるようにして、コンピュータ教室をでる。

神宮寺はまよっていた。

――アバターの姫は「ほんとうのことを教えてあげよう」といった。あの姫を動かしてるのはジュリアス。ということは、ジュリアスは、ほんとうのことを知ってるってことか……。

ほんとうのこと――ジュリアスに双子《ふたご》の妹はいない。ジュリエットは、ジュリアスの中にいる人格。

――ジュリアスの野郎《やろう》、うすうすは感づいてるってことか……。そして、ちゃんとほんとうのことを知りたがっている……。

ガシガシと頭をかく神宮寺。

――まったく、なんてゲームをつくりやがるんだ。退屈《たいくつ》な日常を吹《ふ》きとばすようなゲームをつくるんじゃなかったのかよ。

神宮寺の目がきびしい。

――これじゃあ、キツイ現実をつきつけられてるようなもんだ。現実から目をそらさずに、闘《たたか》えってか？　……ざけんなよ！

そんな気持ちとは裏腹に、神宮寺はすこしワクワクしていた。

――だが、まぁ、悪くねぇ。ジュリアスは、おれたちの仲間だ。やつのほんとうの気持ちがわかるのなら、ちっとはこのゲームも楽しめそうだぜ。

「神宮寺はん、なに笑《わろ》とんの？」

ジュリエットが、神宮寺の顔をのぞきこむ。

――これがアバターか……。知らなかったら、ほんとにジュリエットがいるって思ってしまいそうだ。

ジュリエットの頭にのせた手。しっかり、なにかをさわってる感じがする。

神宮寺は、ニカッと笑って答えた。

「おれは、いつだって人類の進歩と調和を考えてるよ」

11 プレイヤー：NAITO＆YURA＆YANAGAWA

二階の図書室。

内人とユラは、図書室の中にいる。

明るい室内。背の高い書架《しょか》がいくつも立ちならび、迷路《めいろ》のようになっている。

こわいくらい静かな図書室に、ふたりの小さな足音がひびく。

さっき、眼鏡のレンズにメッセージがあらわれた。

内人は考える。

——ゲームマスターの創也が、こんなメッセージを送ってくるってことは、ネズミが派手に動きだしたってことか。

チラリとユラを見る。

——どう考えても、快眠《かいみん》まくらを見つけるより、ネズミ退治を優先するタイプだよな。

ユラが、書架《しょか》の本に手をのばす。

持ってみて、ギミックだと気づいたユラは、興味なさそうにほうりだした。

「まだ、本物の本はいれられてないのね」

すこしさびしそうにユラがいった。

「あの……ユラさん、本が好きだから図書室へきたんですか？」

ユラのうしろを歩いている内人がきいた。

「う〜ん、わかんない」

首をかしげるユラ。

「好きかどうかはわかんないけど、本がたくさんあるところにいると落ちつくの。なんだか死者の国みたいだから——」

「〝死者の国〟……ですか」

内人は、すこしおどろく。

図書室を、そんなふうに表現する人を、はじめて見たからだ。

「本は、書いた人が死んでも残ってるでしょ」

とつぜん、ユラがふりかえり、内人の心臓がはねる。

「書いた人が、とっくの昔にいなくなってるのに、本に書かれたことは残ってる。本を読んでると、死者と話してる気にならない？」

「そっ……そうですね」

笑顔《えがお》がひきつらないようにして、内人がうなずく。

浮《う》き輪《わ》に乗った創也が、どんぶらこっこと脳内にあらわれた。

「内人くんは、女性の意見に流されやすいね」

そして、そのまま流れていったので、脳内から蹴《け》りとばす必要がなかった。

ユラがつづける。

「あと、図書室にきたのは、本を読んでるとねむくなるっていうでしょ。だから、ここに快眠《かいみん》まくらがかくされてるんじゃないかなって思ったの。——ねぇ、なにか見つからない？」

それを聞いた内人は、いっしょうけんめいまわりを見る。

ユラは、子犬のようにさがしまわる内人を見て、ほほえむ。

そして『夢幻《むげん》』について考える。

——悪夢からの脱出《だっしゅつ》か……。でも、ゲームをクリアしてもどった現実が、悪夢のような世界だったら、それは脱出したっていえるのかしら……？

ユラの目は、希望を夢見ることをあきらめている。

——内人くんは、ちがうわ。彼《かれ》がもどる現実には、夢も希望もある。

ため息をつくユラ。

——このゲーム、退屈《たいくつ》だわ。

興味をなくしてしまったユラは、退屈をまぎらわせてくれるものはないか、さがす。

そして、それが廊下《ろうか》を近づいてくるのを感じた。

前方からせまってくる、わずかな気配。意識しなくても、気配を殺すことが習慣になっている者が、近づいてきてる。

——ひまつぶしには、なりそうね。

図書室のドアがあく。

立っていたのは、柳川博行《ひろゆき》だった。

内人は、ため息をつく。

——ここにも、ネズミ退治のほうを優先する人がいたか……。

「おまえが、ネズミか？」

柳川が、ユラを見て、めんどくさそうにいった。

「わたしは、あなたがネズミじゃないかと思ったけど――」

ユラも、めんどくさそうに答えた。

「メッセージを読んだろ? ネズミ退治をしたら、一発ゲームクリアだそうだ」

柳川の言葉に、ユラがうなずく。

「でも――そんなの関係ないか」

「そうね」

ほほえみあうふたり。

それは、とてもよく似た笑顔《えがお》だった。

内人は、ふたりが話しているのを、手も口もだせずに見ていた。これからなにがおきるのか
……。イヤな予感しかしない。

とめようと思っても、なにもできない内人。

――まるで、目に見えない電気の柵《さく》があるようだ……。

ユラが内人を見る。笑顔の雰囲気《ふんいき》が、すこしかわる。

「ごめんね、内人くん。こっちのお兄さんと用事ができちゃった。デートは、ここまで」

――〝デート〟だったのか！　これは〝でえと〟だったのか！

ユラの言葉に、舞《ま》いあがってしまう内人。

――でも、これが〝デート〟だったら、ぼくが思ってるデートと、ずいぶんちがうな。

考えこむ内人に、こんどは柳川がいう。

「そういうことで、おまえと遊ぶのはつぎの機会だ」

ニヤリと笑う柳川を見て、ようやく内人の口がひらく。

「あの……よくわからないんですけど、ふたりともネズミじゃないですよ。だから、みょうににらみあうのはやめて、もっと友好的というか、なかよくしたほうがいいのではないかと……」

政治家の答弁のように、わかりにくい話し方になる内人。

いってる内人は気づいている。ネズミがどうのこうのは言いわけで、ふたりは闘《たたか》いたいんだってことに――。

当然、ふたりは聞く耳を持たない。

ふたりが図書室をでていこうとする。

「あっ、ちょ――」

とめようとする内人に、

「くるな」

小さいが、するどいユラの声。

内人の足がとまった。

そして、気づく。自分がとめようとしているのが、肉食獣《にくしょくじゅう》だということを――。

かかわるな。人間と肉食獣は、同じフィールドでは暮らせない――おばあちゃんから、そう教わってる。

ユラがふりむいた。とてもかわいい笑顔《えがお》で内人にいう。

「じゃあね。こんど会えたら、そんときは、ちゃんとしたデートしましょうね」

柳川もふりかえった。

「おれとは……あまり会いたくないだろうな。それより、おまえはおまえで、はやくゲームクリアしろ。おれは、一時停止《ポーズ》ボタンをおすことにする」

「そう――。いまからの時間のほうが、ゲームより、はるかに大事」

ユラがウインク。

廊下《ろうか》の闇《やみ》に消えていくふたり。

内人の目の前で、図書室のドアがしまった。

12 プレイヤー：ＮＡＩＴＯ　Ａｃｔ１

ぼくは、しまったドアを、ぼんやり見ていた。

えーっと……。いまの気持ちをなんていえばいいんだろう？

ガッカリした気持ち。うん、たしかにそうだ。せっかくユラさんといられたのに、いまはひとりぼっち。

じゃあ、ユラさんといっしょにいってしまった柳川さんに、おこってるのか？……うーん、そうでもない。

でも、なんとなく腹立たしい。そして残念なことに、この気持ちを正確に表現できるほど、ぼくは芸術家ではない。

だいたい、腹が立つ原因はなんだ？——ネズミだ。ぼくは、ネズミに対して腹が立ってるんだ。

そう、ネズミさえいなければ、ぼくとユラさんは楽しく〝デート〟しながら、『夢幻《むげん》』をクリアできたんだ。

床《ゆか》を、右足でダンとふみつける。木造の床が、ギシッと悲鳴をあげる。

くらわしてやらねばならんな、デートをじゃました、然《しか》るべき報《むく》いを！

いま、ぼくの目は暗く光っていることだろう。

ネズミを退治すれば、ゲームクリア。よし、この怒《いか》りをエネルギーにして、ネズミ退治だ！

ぼくは、あらためて図書室の中をさぐる。

さっきまでとちがい、いまはユラさんがいない。集中してさがしものができる。

なにをさがすか？　――きまってる。ネズミ退治するのに〝役に立ちそうなもの〟だ。

現実世界では、からっぽの図書室。

書架《しょか》にならんでいる本は、すべてギミック。目に見えてるけど、それはただのデータ。

ためしに、一冊手にとる。重みもある。でも、ページをひらくことができない。創也のやつ、そこまでつくりこむ時間はなかったようだ。

本から手をはなす。床に落ちた瞬間《しゅんかん》、本は消えた。

ダメだ、ギミックの本は使えない。

ぼくは、カウンターの中へ入り、つぎからつぎへと引き出しをあける。

新品の図書カードやラベル、ハサミ、クリップ――。でも、それらはみんなギミックだった。かろうじて見つけられたのは、白の油性マーカー。それと、書籍《しょせき》を守るためにはる透明《とうめい》フィルム――本の表紙全面にはれる大きさがある、食品用ラップフィルムのようなものだ。

ほんとは、白のマーカーより黒マジックがほしかったんだけど、贅沢《ぜいたく》はいえない。（でも、白のマーカーなんて、いったいなんに使うんだよ）

あと、風呂敷《ふろしき》大《だい》の布があった。集めた荷物をのり巻きのように布で包み、背中にななめにしばりつける。

それから、ゴミ箱の中にあった、まるめられた紙。ひろげてみると、数学のテストだった。氏名のところに「内藤内人」、点数は三十二点……。

S・NSのデータじゃなく、わざわざつくったのか。しかも、ゲームにはまったく関係ないアイテム……。さすが、創也。いやがらせも、ここまでつきつめると芸術といえるな。

ぼくは、芸術作品をポケットにいれる。

図書室をでて、調理室へむかう。

なにか手がかりを求めたわけじゃない。純粋《じゅんすい》におなかがへったから、なにか食料がないかと思ったんだ。

廊下《ろうか》を走る。夜の山にくらべたら、藪《やぶ》や草におおわれてない廊下は、よく整備された遊歩道のようなものだ。

こわいのは、オルールやＡＫＢ24。

ときどき立ちどまり、周囲の気配をさぐる。

Ｓ・ＮＳのデータであるオルールに、気配があるのかどうかは疑問だが、無警戒《むけいかい》でいるよりはいいだろう。

東側の階段についたら、一階からギシギシと階段をのぼってくる足音。注意深く聞くと、音は眼鏡のフレームから伝わって聞こえる。なんだか、すごくいやな感じがする。

オルールが、せまってきてるのか……。

ぼくは、そっとＵターン。

西側の階段にいこうとしたら、廊下の右側――相談室の前に、なにかの気配を感じて、ぼくは足をとめた。

闇《やみ》の中からユラリとあらわれる白い仮面。オルールだ。

ぼくは、まよう。

どうする？　目の前のオルールのわきをすりぬけるか？　それともひきかえすか？

創也が、オルールの動きはゾンビ程度だといっていた。いくら体が重くても、わきをすりぬけることぐらいできるだろう。

そう判断して、ぼくは走った。

十分距離《きょり》をとって、わきをぬける。なのに——。

オルールが動いた。それは、創也の話とはくらべものにならないくらい、すばやい動き。

うす暗い廊下《ろうか》で、オルールの持ってるものが月の光にかがやく。

ヤバイ！

かがやいたのがナイフだと気づくまえに、走ってきた勢いのまま体をまるめて、廊下をころがる。ぼくがいた空間を、オルールのふったナイフが切断した。

ころがったぼくの体は、廊下のかべにあたってとまる。……痛い。

背中の包みからこぼれた白のマーカーや透明《とうめい》フィルムを集めていると、オルールが、ゆっくり近づいてくるのが見えた。

その時間を利用して、ぼくは考える。

オルールは、S・NSのデータ。いくら存在感があっても、それはデータにすぎない。そして、オルールが持ってるナイフもデータ。ぼくを傷つけることはできない。

つまり、オルールがナイフを持ってても、こわくない。

結論がでたぼくは、ホッと体の力をぬく。

同時に、パラリとシャツの肩《かた》が裂《さ》けた。

あれ……？

なんで、シャツが破けたんだ？　ひょっとして、さっきナイフがかすっていたのか？

ということは、オルールが持ってるナイフは本物？

オルールも、Ｓ・ＮＳのデータじゃなく、白仮面をかぶった本物の人間？　そして、ナイフがぼくにあたったら、とても危険ってこと……？

そこまで考えたとき、すわりこんでるぼくにむかって、オルールがナイフをふりかぶった。

ぼくは、オルールの白仮面にむかって手をふる。

「うわ！」

悲鳴をあげるオルール。

ぼくは、さっき透明《とうめい》フィルムをひろうときに、フィルムをのばしておいた。そのはしを、オルールの白仮面にむかって投げたんだ。

透明《とうめい》フィルムが仮面にひっついたのだが、暗いので、オルールには、なにがおきたのかわからない。

立ちあがったぼくは、透明フィルムをひっぱる。

白仮面が、オルールからはずれた。

「…………」

手で顔をおおうオルール。

指のあいだから、こちらを見ている目――殺意のこもったするどい目だ。

オルールは、まよっているようだ。

顔を見られてもいいから、このまま攻撃《こうげき》をつづけるか？　しかし、ぼくがどんなかくし武器を持ってるのかわからない。いまむりをしなくても、まだ、始末するチャンスはある。そんなことを考えてるのだろう。

ぼくは、オルールから目をはなさない。山で肉食獣《にくしょくじゅう》にあったときの気分だ。

そして、両手はうしろにまわす。さも、かくしてある武器をとりだすかのように――。（もちろん、ハッタリですけどね）

「…………」

オルールが、ぼくに背中をむける。

そして、廊下《ろうか》の闇《やみ》に消えていった。

とりあえず、助かった……。

ぼくは、その場にへたりこんだ。

ホッとすると同時に、全身から汗《あせ》が噴《ふ》きだす。ナイフで切られたシャツの袖《そで》が、夢じゃなかったことをつきつけてくる。

教えてほしい。中学生で、ナイフを持った相手と闘《たたか》う経験をする人間が、どれだけいるんだ？

いや、今回だけじゃない。ぼくがくぐってきた修羅場《しゅらば》の数、偏差値《へんさち》八十超《ご》えしてるんじゃないだろうか？

「そんなの気のせいだよ」

頭の中にあらわれた創也を、銀河の果てまでぶっとばす。もとはといえば、こいつがすべての原因だ。

冷静になって考える。

創也に苦情を持ちこむのはあとだ。それよりいまは、ほかに考えないといけないことがある。

ぼくは、透明《とうめい》フィルムにはりついた白仮面を見る。

画用紙を卵形に切りとり、目の部分に三日月形の穴をあけ、耳の部分に輪ゴムをつけてある、かんたんなもの。

小学一年生が工作でつくりそうな仮面だ。でも、うす暗い中で見たら、不気味な白仮面に見える。

「…………」

ぼくは、画用紙製の白仮面をまるめると、廊下《ろうか》のゴミ箱にむかって投げた。

13　プレイヤー：YURA＆YANAGAWA

ひざまでのびた草。

ユラと柳川は、雑草におおわれた校庭にでた。

金属質な月の光が、風景から立体感をうばう。

ユラが口をひらく。

「こういうときは、体育館の裏にいくのが定番なんだけど――。体育館、どこかしら？」

「武道場なら、校舎のわきにあったぞ」

「……めんどうね。ここでいいんじゃない？」

投げやりにいって、ユラがとまる。

数メートルはなれたところで、柳川もとまった。

「おれは、どこでもいい」

むかいあうふたり。

「一つきかせてほしいの」

ユラがいう。

「あなた、闘《たたか》うのが好きなの？」

しばらく考えてから、柳川が答える。

「きらいじゃない。——おまえは？」

「好きでもきらいでもない。めんどうなだけ」

ユラは、「食事をするのが好きか？」ときかれても、同じように答えるだろう。

「もう一つきかせて。——闘うより好きなことはある？」

「ある」

こんどは、即座《そくざ》に答える。

「そう……。うらやましいわ」

さびしくほほえむユラ。

「おまえは、不思議なやつだな」

柳川がいう。

「おれは、ずっと殺気をだしている。なのに、おまえからはなにも感じない。そのくせ、こちらからしかけたら、すごい攻撃《こうげき》がくる――そんな予感がする」

柳川の言葉どおり、彼《かれ》を中心に、あれだけにぎやかに鳴いていた虫たちが静かにしている。柳川の殺気に、反応してるのだ。

いや、殺気に反応したのは、虫だけではない。

「きみたち、なにをしてるんだ！」

昇降口《しょうこうぐち》から走りだしてくる黒い影《かげ》。

二階堂卓也だ。

ユラと柳川のあいだに、割って入る。

「すごい殺気を感じて、ただごとじゃないと思い、きてみたが、まだはじまるまえでよかった」

殺気を感じて行動できる時点で、ふつうの中学教師ではない。そして、そのことに卓也は気づいていない。

「それで、決闘《けっとう》をする理由はなんだ？　――そうか、番長を決めるんだな！　暴力は、ぜったいにダメだ！　先生は、みとめんぞ！」

ひとりで大さわぎしてる卓也を見て、ユラは、自分の血がどんどん冷たくなっていく感覚を味わう。

――〝決闘《けっとう》〟？　〝番長〟？　って……。漢字に変換《へんかん》するのに、時間がかかったわ。いったい何時代の話をしてるんだろう？

「あの……先生。質問してもいいですか」

なんてよびかけていいかわからないユラは、〝先生〟という言葉を使った。

「どうして、暴力はダメなんですか？　先生たちだって、〝体罰《たいばつ》〟っていって生徒をたたいたりするじゃないですか」

「いや、ぜったいに、暴力はダメだ！」

こぶしをにぎりしめ、力説する卓也。

「なぜなら、先生は教師だ。教師の仕事は、教育。そして暴力は、教育とは真逆のもの。そこには、言葉による話し合いも認め合いも存在しない。暴力をふるった結果、残るのは恐怖《きょうふ》と憎《にく》しみ。だから、先生は暴力をみとめないんだ！」

その言葉に、ユラはクラッとする。

いままでにうけたことのないはげしいダメージ。

――ひょっとして、この人は最強……？

柳川も、ある意味、ダメージをうけていた。

——自分も、ゲームであたえられた役になりきることがある。しかし、この人ほど、なりきれない……。いったい、なにが彼《かれ》をそこまでさせてるんだ。

柳川のほおを、冷たい汗《あせ》が流れた。

ユラが、また手をあげる。

「あの……でもですよ、武器を持った相手がかかってきたら、どうするんですか？　闘《たたか》わないのですか？」

「闘わない！　その覚悟《かくご》があるから、わたしは教師といえるんだ！」

「…………」

もう、ユラはなにもいえない。

——この人なら、紛争《ふんそう》地帯の真ん中でも、「暴力はダメだ！」ってさけぶでしょうね。

小さく拍手《はくしゅ》を送るユラ。

柳川がユラにいう。

「なんだか疲《つか》れたので、校舎にもどっていいか？」

「……わたしも帰りたい」

ふたりがため息をついたとき、校舎のほうから声がした。

[校庭で大声をだしてさわぐ不審者《ふしんしゃ》を発見。退治します]

三体のクモ型ロボットが、校舎からでてきた。

卓也が、ユラと柳川を背にまわす。

「きみたちがさわいでいるのを見つけられた。ここは先生にまかせて、さがっていたまえ」

ユラは、笑顔《えがお》で首を横にふる。

――クモ型ロボットは〝大声をだしてさわぐ不審者〟といいました。わたしたちは、大声をだしてません。つまり、ここでいわれてる〝不審者〟は、先生のことですよ。

[退治にかかります]

クモ型ロボットが足を持ちあげ、攻撃《こうげき》態勢に入る。

しかし、そのまえに卓也が動いた。

いちばん近いロボットの背後にまわると、両手で持ちあげる。そして、ほかのロボットに投げつけた。

二体が派手にこわれ、残り一体。

[不審者の戦闘力《せんとうりょく》が、こちらの想定をこえています。不審者をまきぞえに自爆《じばく》――]

クモ型ロボットは、自爆《じばく》モードに入れなかった。柳川とユラの蹴《け》りが、クモ型ロボットを三つのかたまりにしてしまったからだ。

「ありがとう！　きみたちが協力して闘《たたか》ってくれたおかげで、先生は助かったよ。いがみあってるように見えて、きみたちは友情で結ばれてるんだな！　先生は感動した！」

柳川とユラの手をとり、感動のなみだを流す卓也。

「あの……これは、先生が否定してる暴力じゃないのか？」

ロボットの残骸《ざんがい》を見て、柳川がきいた。

「生徒を守るためなら、先生は悪魔《あくま》にでも魂《たましい》を売るぞ！」

胸を張る卓也。

――そうなんだよな……。暴力に〝正義〟とか〝防衛〟なんて肩書《かたが》きをつけるから、世界がややこしくなるんだよな……。

ため息をつく柳川。

ユラも、ため息をつくと、『夢幻《むげん》』の眼鏡をはずした。

「先生……。わたし、疲《つか》れちゃったので、早退していいですか？」

「そうか。残念だけど、しかたない。――でも先生は、きみが帰ってくるのを、いつまでも待ってるからな」

「ありがとう」

眼鏡を卓也の手にのせる。

「これ、ゲームマスターの彼《かれ》にかえしておいてください」

そして、校門をでていく。

「おれは、ゲームにもどる」

ボソッといって、柳川は校舎に入っていく。

校庭にひとり残される卓也。

まわりを見まわして、さけんだ。

「先生は、孤独《こどく》だー！」

その大声に反応するクモ型ロボットは、もう一体も残っていない。

GAME《ゲーム》 OVER《オーバー》：YURA
REMAINING《リメイニング》 PLAYER《プレイヤー》：07

14　プレイヤー：NAITO　Act2

さて——。

さっきのオルール。あれは、あきらかにS・NSのデータではない。

本物の人間が画用紙製の白仮面をかぶり、オルールに化けていたんだ。

ここで問題になるのが、だれが化けていたかだ——。

体つきで判断はできない。

うす暗い中では、黒マント姿は闇《やみ》にとけて、実際より大きく見えるからだ。

ぼくは、消去法で考えることにする。

学校の敷地内《しきちない》にいるのは、十三人のプレイヤーと、創也たちスタッフ四名。

そのなかから、まず、ぼく自身をのぞく。

つぎに、卓也さんと柳川さん、ユラさんをのぞく。この三人は、ナイフを使わなくても、ぼくを瞬殺《しゅんさつ》できる。

あとは、創也と堀越ディレクター、健一ものぞく。この三人の身体能力だと、ガトリング砲《ほう》を持っていても、ぼくを殺せないだろう。

真田女史は、どうだろう……。彼女《かのじょ》なら、ぼくが透明《とうめい》フィルムを投げつけるのを予測できるような気がする。よって、彼女ものぞこう。

それでもまだ九人残ってる。

なんかだれでもよくなってきて、ため息をつきかけたとき、一つの考えがうかんだ。

オルールに化けていたのは、ネズミじゃないか？

ネズミは、ぼくと創也をねらってる。しかし、正体を知られたくない。だから、オルールに化けて、ぼくをおそった。

つまり、オルール＝ネズミなんだ。

おおー！　なんていう名推理！　ひょっとして、ぼくは名探偵の素質があるんじゃないだろうか！

すると、脳内に、浮《う》き輪《わ》に乗った創也があらわれた。さっき流されていったと思ったら、一周して帰ってきたようだ。

「さすがだね、内人くん。なかなかの推理だよ」

めったに人をほめない創也がほめてくれる。

「いやぁ、ほめるなほめるな。ほんの実力だよ」

ぼくが謙遜《けんそん》すると、創也の眼鏡がキラリと光った。

「で、ききたいのだが、ネズミの正体はだれなんだい？」

「えっ？」

「だから、オルールがネズミだという、内人くんの推理には納得《なっとく》した。で、そのネズミはだれなんだい？」

「…………」

さっきまでの名探偵気分が、いっきにしぼんだ。

「名探偵への道は、長くけわしいんだよ〜。きみには、まだまだむりなようだねぇ〜」

流れていく創也の声が、小さくなっていく。

くやしさに、ぼくはこぶしをにぎりしめる。

調理室にいくのをやめたぼくは、校長室のドアをあける。

「失礼だな。本来なら、ちゃんとノックして、こちらが『どうぞ』といってから、『失礼します』と入ってくるもんだ。そんな態度だと、面接試験は確実に落ちるね」

自分用に持ちこんだ豪華《ごうか》ないすにすわった創也が、まゆをひそめた。

ノックしなかったことが、なんだというんだ。気持ち的には、ドアを蹴破《けやぶ》りたいぐらいなんだぞ。

室内には、創也がひとりいるだけだ。入ってきたぼくをチラリと見ただけで、すぐにコンピュータの操作にもどる。

「話がある」

ぼくがいっても、

「きみは、あくまでもプレイヤー。ぼくはゲームマスター。気安く話しかけてほしくないね。さっさとゲームにもどりたまえ」

視線をモニターにむけたまま、上から目線でいう。

「こっちを見ないと、コンピュータに水をかけるが、いいか？」

「話を聞こうじゃないか」

創也が、ペットボトルをとりだしたぼくのほうへ体をむけた。

ぼくは、シャツの肩《かた》を見せる。

「くぎにでもひっかけたのかい？　破れてるじゃないか」

「オルールに切られた」

「………」

真剣《しんけん》な顔になる創也に、ぼくはオルールにおそわれたことを話す。すこしばかり脚色《きゃくしょく》して、派手な格闘《かくとう》の末に、オルールをとりにがしたという話にした。

創也が疑わしそうな目をむけてくるが、それは無視。

「ぼくの推理だと、おそってきたオルールの正体はネズミだと思うんだ」

すると、あごを指でつまんで聞いていた創也は、興味なさそうにいった。

「そんなだれにでもわかることを、得意げに〝推理〟などといってほしくないね」

……やっぱり、現実の創也のほうが、脳内にあらわれたやつよりも口が悪い。

「ネズミがだれなのか、おまえでもわからないのか？」

「………」

ぼくの質問に、無言の創也。プライドの高い創也は、すなおに「わからない」と答えられないんだ。

「とにかく――」

創也が話をかえる。

「ネズミは、『夢幻《むげん》』にとってバグだ」

バグとは、コンピュータのプログラムの動作をじゃまするもの。もともとは、「小さな虫」という意味だそうだ。

「よって、デバッグをおこなう必要がある」

デバッグとは、バグをとりのぞく作業のこと。

「ぼくは、ゲームマスターとして、機械の前から動くことができない」

創也が、ぼくを見る。

「つまり、『夢幻』のプレイを中断して、虫取りをやれってことだね」

ため息とともに、ぼくはいった。

「That's《ザッツ》 right《ライト》.」

みごとな発音の創也。

いつだって、危険な仕事は、現場にまわってくるんだよな……。

「そう心配することはない。ぼくには、だいたいの目星がついている」

おおー！

「ネズミは、あるていどコンピュータの知識と技術がある人間だ」

得意げにいう創也。

ぼくは、つぎの言葉を待つ。

無言のまま、ぼくを「どうだ！」って感じの顔で見てる創也。

耐《た》えきれず、ぼくはきいた。

「あの……それだけですか？」

「そうだよ」

ぼくは、創也をゲシゲシたたく。

「ふざけんな！　コンピュータの知識と技術がある人間が、この校舎の中に、どれだけいると思ってんだ！　ジュリアスに、技術の先生してた青山さん、柳川さんだって、グラフィックでコンピュータを使うときもあるだろうし——。あと、ハッキングして本物に化けた疑いのある家出人オレさん。竜王グループの三津木さんと遠藤さんも、コンピュータを使えないとしても、『夢幻』のデータを知ることができる立場にいる」

「だから、〝だいたいの目星〟っていっただろ！」

創也も反撃《はんげき》してくる。

しばらくゲシゲシ闘《たたか》ってから、創也がまじめな口調でいった。

「ひとり、重要な人物をわすれてるよ」

「えっ？」

おどろいてると、

「このぼく──竜王創也だ」

自分をゆびさす創也。ぼくは、ヘッドロックをかけて、ギシギシしめあげる。

「冗談《じょうだん》ぬきで、どうすればいい？」

ヘッドロックを解除し、ぼくはきいた。

「じつはね、お手上げに近い状況《じょうきょう》でもあるんだ」

肩《かた》をすくめる創也。

「コンピュータのスキャンをしていてわかったんだ。ネズミは、ＡＫＢ24のシステムにアクセスし、監視《かんし》カメラのデータを盗《ぬす》み見《み》している」

「なんですと！」

「『夢幻』がはじまると同時に、すべての動きがネズミにつつぬけだったわけだ。ぼくが冗談をいいたくなる気持ちもわかるだろ」
いいながら、創也がメモ用紙に書いた文字を、ぼくに見せる。

なんとか、校長室の監視《かんし》カメラはネズミからとりかえした。しかし、まだ音声はぬかれている。発言には気をつけてくれ。

ぼくも、メモ用紙に書く。

了解《りょうかい》。で、反撃《はんげき》の手段は？

いまから書く。それから、だまりこんでるとあやしまれるので、なにか話したまえ。

とつぜん、なにか話せといわれても……。
こまったぼくは、むりやり話題をつくる。

「感想文の宿題が残ってるんだけどさ、なにかおすすめの本はないか？」

「最近読みかえしておもしろかったのが、G・K・チェスタトンの『ポンド氏の逆説』かな。逆説をテーマに書かれたような短編集でね。内人くんも『背が高すぎて見えなかった』というような話を聞いたことがないかな？」

「なんだよ、それ？　小さすぎて見えないってのならわかるけど、背が高すぎて見えないって——」

「そこが逆説なんだよ」

話しながらも、創也の手はとまらない。メモ用紙に、つぎからつぎへと文章を書いていく。

メモ用紙に書かれてることも気になるんだけど、『ポンド氏の逆説』の話もおもしろい。こんど、創也に貸してもらおう。

「ぼくも、意外な逆説を考えついたら、なにか書いてみようかなと思ったね」

創也が、書きあげたメモ用紙の束を見せる。

「逆説か……。うーん……」

考えてるふりをしながら、メモを読んで中身を頭にいれる。

「たとえば、『明るすぎて見えない』……なんてのは、どうかな？」

そういってから、ぼくもメモ用紙に書く。

作戦はすべて理解した。

そして、グッと親指をつきだす。

「『明るすぎて見えない』か……。パロディともいえないサルまねだね。ぼくの創作魂《だましい》を刺激《しげき》しないな」

憎《にく》まれ口《ぐち》をたたいて、書いたメモを見せる創也。

Here《ヒア》 we《ウィ》 go《ゴー》!

ぼくは、校長室のドアをあける。

「…………」

でも、やっぱり気になったぼくは、いそいでメモ書きしたものを創也に見せる。

『ひあうぃごー』って、どんな意味だ？

監視《かんし》カメラに音をひろわれないよう、注意してため息をつく創也。

そして、書いたメモを見せる。

『さぁ、やろう！』って感じの、かけ声だよ！

うん、理解した。

15 NEZUMI

足音のしない移動——。

黒い布をまとい、白い仮面をつけたネズミは、校長室の前に立った。

音がしないように注意して、ドアをあける。

うす暗くした室内では、キャスター付きのいすにすわった人物がひとり。ドアのほうに背をむけて、キーボードをたたいている。

「…………」

ナイフを持ったネズミは、するりと室内に入る。

——だいじょうぶ、気づかれてない。

気配を殺し、ゆっくり足を進める。

あとすこしでナイフがとどくというとき——。

クシャ！

ネズミの足が、なにかにひっつき、かわいた音をたてた。

その瞬間《しゅんかん》、いすにすわっていた人物が勢いよく立ちあがり、その勢いでいすをネズミのほうにすべらせる。

いすにぶつかり、床《ゆか》にころがるネズミ。その体に、床に敷《し》かれていた透明《とうめい》フィルムがペタペタとはりつき、ネズミの動きを封《ふう》じる。

透明フィルムをさわったことがある人はわかると思うが、透明フィルムは、うすいくせに手でひきちぎることができない強度がある。

「ネズミ捕《と》り、成功！」

いすにすわっていた人物――内藤内人がいった。

床にころがってるネズミに、内人が得意げにいう。

「猪突猛進《ちょとつもうしん》の大バカ野郎《やろう》で、悪魔《あくま》のような冷血漢だけど、こんなイヤな作戦を立てさせたら、あいつの非道さが百パーセント発揮される」

この場に創也がいたらなぐられそうなせりふだが、内人にしてみたらほめてるつもりなんだ。

「…………」

ネズミは、なにもいわず、白い仮面を内人のほうにむけている。

内人がつづける。

「校長室に創也を残し、ぼくがネズミ退治に校舎内を移動したら、きみはかならず創也のほうから攻撃《こうげき》する。いまなら卓也さんもいないし、創也ひとりなら、かんたんに始末できるからね」

「…………」

「だから、ぼくを校長室に残し、いれかわったんだ」

「…………」

「そして、きみは校長室におびきだされ、こうしてつかまったわけさ。さぁ、正体をあかしてもらうよ」

内人が、ネズミをビシッとゆびさす。

「どぅゆうあんだすたん？」

このとき、彼《かれ》の祖母がいたら、脳天にげんこつを落としていっただろう。「敵の息の根があるうちに、油断するな、勝《か》ち誇《ほこ》るな」と——。

ネズミが口をひらいた。

「竜王創也は、どこにいるんだ?」

このとき内人は、はじめてネズミの声を聞いた。くぐもった、性別も年齢もわかりにくい声だった。

しかし、勝利に油断してる内人は、そんなこまかいことに気づかない。

「コンピュータ教室だよ。システムをスキャンして、ネズミがS・NSやAKB24にアクセスした証拠《しょうこ》を見つけ、そこから、きみの正体をつきとめるっていってた」

ペラペラと創也の居場所を伝える。

ネズミがうなずく。

「そうか……。では、竜王創也を始末するのは、あとにしよう」

「えっ?」

つぎの瞬間《しゅんかん》、身動きできないと思っていたネズミが、ナイフを持った右手をつきだした。

間一髪《かんいっぱつ》よける内人。また、シャツの袖《そで》が切れる。

連続でナイフをふるうネズミ。

うす暗い中、内人は勘《かん》だけでよけていたのだが、とうとう、かべぎわに追いつめられてしまった。

目の前でにぶく光るナイフを見て、

「あの……一つ教えていただけますか？」

ていねいな口調できく内人。

「透明《とうめい》フィルムがひっついて、身動きできないはずのあなたが、どうして自由に動いているのでしょうか？」

「おまえが得意げに話してるあいだに、持っていたナイフでフィルムに切れ目をいれてたんだ」

透明フィルムをさわったことがある人はわかると思うが、透明フィルムは、素手《すで》で切ろうとしてもちぎれないが、すこしでも切れ目があると、おもしろいように裂《さ》ける。

「質問は、もうないか？」

「…………」

「じゃあ、一つ忠告してあげよう。こんど生まれてきたら、最後の最後まで油断しないようにするんだよ」

ネズミがナイフをふりかぶる。

内人が、あわてていう。

「すみません、もう一つだけ質問おねがいします！」

「三十文字以内なら――」

「………」

頭の中で文字数をかぞえてから、内人が口をひらいた。

「どうしてぼくは、片手をうしろにまわしているのでしょうか?」

首をひねるネズミに、内人がいう。

「答えは、ロープをかくし持ってるのを知られないためです!」

同時に、透明《とうめい》フィルムをひねってつくったロープを、思いっきりひく。

ロープのはしはキャスター付きのいすにしばられていて、内人がひっぱったため、勢いよくころがってきてネズミにぶつかった。

体勢をくずすネズミに、「こんなこともあろうかと、ロープをいすの足にしばっておいたんだ」と説明しようかと思ったが、そんなひまがあるのならにげたほうがいいと考え、内人はバネじかけの人形のように校長室をとびだした。

16　プレイヤー：NAITO　Act3

さて、こまった……。

ぼくは、せまい物置を見る。

にげ場にこまったぼくは、一階校舎中央にある物置にとびこんだ。

ドアをあけられないようにバリケードをつくろうと思ったんだけど、使えるものがなにもない。

木のかべと床《ゆか》。天井《てんじょう》にはライトパネル。はめ殺しの窓は、金メダリストでも手がとどかない高さに一つ。

あとは、ガランとした空間。

創也も、こんなところにギミックをおかなくてもいいと思ったのだろう。気持ちいいぐらい、からっぽだ。

物置のためか、ドアにかぎもついてない。

つまり、ネズミが入ってきたら、百パーセント見つかるってわけだ。

せめて暗かったら闇《やみ》にまぎれられるんだけど、電気を消しても、はめ殺しの窓から入る月あかりで、かくれるのはむりだ。

ひらきなおったぼくは、電気をつけ、床《ゆか》に腰《こし》をおろす。

最良の展開は、創也が——正確には、卓也さんをつれた創也が、助けにきてくれること。

でも、くるかこないかわからない助けを待っていても、しかたない。自分ひとりで、生きのびる方法を考えなければ！

せめて、なにか武器があればいいんだけどな……。

あらためて、物置を見まわす。……からっぽなことに、かわりない。

なにも調達できないときは、自分の持ちものでなんとかするしかない。

持ってるもの——バッテリーのきれた借りもののスマホ、真田女史にわたしてもらったハンカチ、ペットボトルの水、図書室で見つけた透明《とうめい》フィルムに白の油性マーカー。あと、お守りがわりに持ってきた、おばあちゃんからもらったナイフ。

うーん……。

うで組みして考える。

ためしにペットボトルを持ってふってみる。こんなものでナイフを持った人間と闘《たたか》えるのは、柳川さんや卓也さんのような人たちだけだ。……いや、あの人たちなら素手《すで》で十分だ。

ほかの方法は、ないか？

白のマーカーで、どこかにネズミの正体を書き残すのはどうだろう？

二つの理由で、むだだ。

一つは、どこに書いても、すぐにネズミに見つけられるってこと。

もう一つは、ぼくはネズミの正体を知らないってこと。

さぁ、内人くん、大ピンチ！

こんな状況《じょうきょう》なのに、不思議と笑えてくる。

考えてみたら、絶体絶命のピンチなんて、山に入っても日常ちゃめしごと。いまさら、パニックになってもしかたない。修羅場《しゅらば》も（創也のせいで）たくさん体験してきた。いままでもなんとか助かってきたんだから、今回も助かるんじゃないかな？　――そう考えたら、とても気楽になってきた。

そういえば、おばあちゃんが、パニックにならなかったらなんとかなるって、いつもいっていたっけ。

うん、ぼくは大きく息を吸い、思いっきり吐《は》きだす。

よし、落ちついた。

うで組みしたまま、目の前にならべた品物を見る。

まず、ナイフをポケットにしまう。これは武器じゃない、道具だ。もしこれを使って闘《たたか》ったら、おばあちゃんにしかられてしまう。……それに、ナイフで闘えるほど、ぼくは器用じゃない。

残ったのは、ハンカチ、白のマーカー、ペットボトル、透明《とうめい》フィルム。

よし！


ドアがあいた。

卓也さんをつれて創也が立っている——というぼくの希望は、打ちくだかれた。

ナイフを持ったネズミが、白い仮面を、こちらにむけている。

「なみだがかれ果《は》てるまで、泣いたのか？」

ぼくが持ってるビショぬれのハンカチを見て、ネズミがいった。

「さぁ、ゲームオーバーだ」

ナイフを持って突進《とっしん》してくるネズミを、ぼくは手をのばしてとめる。

「提案がある！」

「五十文字以内なら、聞いてやろう」

かぞえるまでもなく、ぼくは首を横にふった。

「その文字数だと、少なすぎる。でも、きみには、とても得になる提案だぞ。聞かないと、損するぞ」

必死で説得する。

「……いってみろ」

ネズミの言葉に、ぼくはホッと息を吐《は》く。そして、話しはじめた。

「いま、きみがぼくを殺せば殺人事件だ。警察が動く。仮に証拠《しょうこ》がなくて疑われないにしても、これからの行動に影響《えいきょう》がでる」

「………」

「それより、ゲーム中に事故で死んだように見せかけるほうが、きみにとって安全だと思わないか？」

「なるほど」

ナイフをかまえたまま、ネズミがいう。

「続きを話せ」

「『夢幻《むげん》』は、悪夢から脱出《だっしゅつ》するゲーム。たとえば、夢からさめようとして、高いところからとびおりて死んだ——これなら、プレイ中の事故になるだろ?」

「……………」

「どうする? ——ナイフで、ぼくを殺すか? それとも、屋根からとびおりさせるか? どちらが得か、よく考えろ」

いいながら、ぼくはおばあちゃんの言葉を思いだす。

どれだけ有利な条件でも、敵からの提案には気をつけろ。うかつに手をだすと、身を滅《ほろ》ぼす。

さぁ、どうする?

ぼくは、ドキドキしながら、ネズミの返事を待つ。

「よし、その提案をのもう」

ネズミがいった。

どうやらネズミには、ぼくのおばあちゃんみたいな人がいなかったようだ。

「しかし、わかってるのか？　どちらにしても、おまえは死ぬんだぞ」

ネズミにきかれ、ぼくは答える。

「ナイフで切られるより、高いところからとびおりるほうが、苦しくないかなって思ってね」

「………」

ネズミが、持っていたナイフをかるくふった。物置からでろって意味だろう。

「両手をあげろ」

……なかなかに用心深い。さっきみたいに、なにかをかくし持ってないか確認《かくにん》したいのだ。

ぼくは、ペットボトルを持った手をあげる。

「中に、なにが入ってる？」

「ただの水だよ」

「ゆっくり、床《ゆか》におけ」

ぼくは、いわれるまま、ペットボトルを床におく。

そして物置からでるとき、ペットボトルを蹴《け》ってしまい、中の水をこぼしてしまった。

水は廊下《ろうか》まで流れる。

「わざとらしい動きだな。水をこぼしたのは、廊下の水に気づいた仲間に、おまえが物置にいたことを知らせるためか?」

「…………」

「なにをしてもむだだ。おまえは、このあと、すぐに死ぬんだから」

ネズミの言い方には、なんの感情もこもってない。さっさと歩けというように、ぼくの背中をおす。

ここでふりむきざま、相手のナイフをとりあげ逆襲《ぎゃくしゅう》し、ネズミの正体をあばく。――もし、ぼくがアクション映画のヒーローだったら、そうしていただろう。

でも残念なことに、ぼくはヒーローじゃないし、そんなことをしたらすぐに殺されてしまうだろう。

ぼくは、おとなしく階段をのぼる。

三階の廊下《ろうか》。

音楽室のこわれたドアから、あかりがもれている。

――あそこまでいったら、だれかいるかもしれない。

でも、それはできない。ナイフを持ったネズミをつれていったら、犠牲者《ぎせいしゃ》がふえるだけだ。

音楽室に背をむけ、ぼくらは歩く。

天井《てんじょう》にあるあかり取り用の小窓は、ぜんぶで五か所ある。そこから入った月の光が、廊下《ろうか》に四角い光の模様をえがいている。

ぼくは、廊下の奥《おく》――音楽室からいちばん遠く、校庭にいちばん近い小窓の下にいく。

ここでいいかというようにネズミを見ると、うなずく。

「窓をあけろ」

ネズミが命令する。

「手がとどくわけないだろ」

小窓をゆびさすぼくの文句に、ネズミが廊下のはしをしめす。

そこには、たくさん机が積んであった。近づいてたたいてみると、本物だ。ギミックじゃない。

その机を数個はこび、小窓の下に足場をつくる。

「のぼって、窓をあけろ」

「あけてくれないの?」

「おまえの指紋《しもん》が残ってないと、あやしまれるだろ」

……なかなかに、用心深いですね。

ぼくは、机の足場にのぼり、小窓をあけた。

外からの風が涼《すず》しい。

「屋根にでろ」

いわれるまま、ぼくは屋根にでる。かわらに手をつくと、ひんやり冷たい。苔《こけ》も生えてないし、すべらなくていい。

屋根に立ち、空を見る。まんまるのお月さまが、ぼくを見おろしている。

小窓から顔をだしたネズミがいう。

「そのまま、屋根のはしまでいけ」

「きみは屋根にでないの？」

ぼくの質問に、クックックッと笑うネズミ。

「おまえにしがみつかれ、いっしょに落ちるのはさけたい」

……ほんとうに、用心深いですね。

ぼくは、慎重《しんちょう》な足取りで、屋根のはしまで進む。

ふりむくと、小窓からネズミが油断なく見ている。

屋根のはしについたぼくは、下を見る。かなり高い。……とびたくないな。

ぼくは、ネズミのほうを見てきく。

「とびおりるのはこわいので、このまま夜が明けるまで、こうしていてもいいですか？」

「時間かせぎしたいのかもしれないが、ダメだ。すぐにとびおりろ」

「ことわる。落としたいのなら、ここにきて、つき落とせ」

強気でいった。

なんせ、ネズミまでは距離《きょり》がある。つき落とそうにも、ネズミは手も足もだせない。

すると、クックックックッという笑い声。

「手をだせないと思ってるのか？　あまいな」

小窓から、ナイフを持った手をだすネズミ。

「……あの、そのナイフを、どうなさるおつもりでしょうか？」

さっきまでの強気から一転、ぼくは超《ちょう》低姿勢できいた。

「おまえの想像どおりだ」

ネズミが、うでをふる。

ぼくは、反射的に体をひねり、ナイフをよけ——あれ？

ナイフは、とんでこない。ひょっとして、フェイントですか！

よく考えてみたら、ぼくにナイフを投げれば傷跡《きずあと》が残る。そんなまねを、用心深いネズミがするわけない。

でも、気づいたときはおそかった。むりな体勢になったぼくは、バランスをくずす。悲鳴をあげる余裕《よゆう》もなく、ぼくは屋根から落ちた。

17　プレイヤー：ALL　−1　……＋1　±0

小窓から顔をだしていたネズミは、画用紙でつくった即席《そくせき》の白仮面をはずした。

「…………」

さっきまで内藤内人が立っていた屋根のはし。いまは、だれもいない。

ほおにあたる夜風を楽しんだあと、ネズミは顔をひっこめる。

窓をしめる必要も、積みあげた机をかたづける必要もない。

——プレイヤーの内藤内人は、高いところからとびおりれば悪夢の世界から脱出《だっしゅつ》できると考えた。机を積みあげ、小窓から屋根にでる。そして、とんだ。だれが見ても、そう思うだろう。

もう一度、あけっぱなしの小窓や積みあげた机を見る。

——自分の指紋《しもん》は残してない。完璧《かんぺき》だ。

こみあげてくる笑いをおさえこみ、かぶっていた黒い布をはぐ。

眼鏡を見ると、まだゲーム終了《しゅうりょう》のカウントダウンははじまっていない。

――これから、プレイヤーが音楽室に集まってくる。当然、竜王創也もくる。ネズミの正体は、ばれていない。始末するのはかんたんだ。

ネズミは、廊下《ろうか》のゴミ箱に黒い布を捨てた。


ゲーム終了のカウントダウンがはじまると同時に、竜王創也は音楽室に入った。いっしょに、青山と黒川部長もいる。

音楽室には、すでに家出人オレがいた。グランドピアノの上で、ゲットした快眠《かいみん》まくらを使ってねむりこけている。

楽器の棚《たな》の前に、三津木と遠藤。

創也に気づいた三津木がいう。

「いやぁ、ゲーム開始早々、ＡＫＢ24につかまってしまいました。さっき、ようやくネットをはずしたところなんです」

聞いていた創也は、不思議だった。

「どうしてつかまったんです？　ふたりともプレイヤーとして認識《にんしき》されてるから、ＡＫＢ24が攻撃してくるはずはないのに……」

「いわれてみたら、不思議ですね。誤作動かな……？」

三津木も首をひねる。

そのとき、卓也が入ってきた。両肩《りょうかた》に、堀越ディレクターとFをかついでいる。

「ゲームオーバーになっていたふたりを回収しました」

堀越ディレクターとFを床《ゆか》におろし、スマホをだす卓也。ＡＫＢ24のアプリをよびだし、解除コードを入力してふたりのネットをはずす。

「いやぁ、たいへんなめにあいましたよ」

明るい声の堀越ディレクター。照れたように頭をかく。

「気楽にしてていいんすか？　ゲーム実況《じっきょう》がおこなわれなかったって、大炎上《だいえんじょう》してますよ」

Ｆが、さっそくスマホをだして確認《かくにん》する。

「いいんだよ。テレビ屋は、さわがれてなんぼの商売。話題になればなるほど、こんどの視聴《しちょう》率《りつ》がはねあがる」

つぎに入ってきたのは、栗井栄太ご一行さま。

「なによ、クリアできたのは、わたしとウイロウだけなんて……。四人ともクリアして、完全勝利をめざしてたのに」

文句をいってるのは、麗亜だ。

ねむそうな目をした柳川は、持っていたまくらを創也にむかってポイと投げる。

「このゲーム、おれには刺激《しげき》がたりない」

ため息をつくのは、ジュリアス。

「ぼくは最後までやりたかったんですよ。でも、神宮寺さんが、とちゅうで冷めちゃって――」

神宮寺が、その頭に手をのせる。

「そういうな。まぁ、大事なこともわかったし、またこんどの機会な」

ジュリアスは、神宮寺の手を邪険《じゃけん》にふりはらう。

「〝こんどの機会〟なんて、駄々《だだ》こねてる子どもをだまらせるような言い方しないでよ、まったく……」

ほおをふくらませるジュリアス。

「ジュリエットも、とちゅうで帰っちゃうし――。今日は最悪の日だよ」

「そうか……。ジュリエットもきたのか」

柳川が、ジュリアスの頭に手をおいた。

「やめてよ、ウイロウまで！」

ジュリアスが文句をいったとき、志穂と健一が入ってきた。

ふたりとも、手に快眠《かいみん》まくらを持っている。

「やったよ、竜王！　ぼくら、ふたりともクリアできたよ」

喜ぶ健一が、創也にいう。

「いっとくけど、真田女史にたよってたわけじゃないからな。

ふたりで協力して、クリアしたんだ」

その口調には、自信があふれている。

「疑ってないよ。健一くん、真田女史、ゲームクリアおめでとう」

祝福の拍手を送る創也に、ふたりが近づく。

「あと、クリアしたらやろうと決めてたことがあるんだ」

健一と志穂が顔を見合わせ、タイミングをとる。

「せ〜の！」

そして、持っていた快眠まくらで、創也をぶんなぐる。

どうしてなぐられたのか理由がわからず、呆然《ぼうぜん》とする創也に、志穂がいう。

「まだまだ修業がたりないわね、竜王くん」

「はい……。精進《しょうじん》します」

ずれた眼鏡を直し、創也がいった。

そのさわぎで目をさました家出人が、大あくびしながら、使っていたまくらを創也にわたした。

「ほらよ——。これで、おれもゲームクリアだな」

「どこにあったんですか？」

創也の質問に、家出人は肩《かた》をすくめる。

「『木の葉は森にかくせ』って言葉どおりだ。保健室のベッドの上に、ふつうにころがってたぜ」

「…………」

創也は無言だが、口もとがすこしゆがんでる。くやしい気持ちをおさえてるんだ。

ネズミは、音楽室の中を見る。

——ゲーム終了《しゅうりょう》まで、あと三分。まだきてないのは、浦沢ユラと内藤内人。内藤内人はこられないから、残るのはユラだけ。

うかびあがる笑《え》みを、おさえるネズミ。

――あとは、竜王創也を始末すれば、今回の仕事はおわる。できるなら、内藤内人のようにゲーム中の事故に見せかけたかったが、ぜいたくもいってられない。

創也が、腕時計《うでどけい》を見ていう。

「みなさんに、お伝えするのをわすれていました。プレイヤーの浦沢ユラさんは、用事ができたとのことで、ゲームをリタイアしています。というわけで、まだきてないのは内人くんだけなのですが――」

また、創也が時計を見る。

「おそいな……。このままじゃ、時間切れでゲームオーバーだ」

――どれだけ待っても、内藤内人はこない。それより、自分の心配をしたほうがいいよ、竜王創也。

ネズミも、かべにかけられた時計を見る。

――あと、十秒、九、八……。

そして、残り七秒で、

「時間ギリギリセーフ！」

音楽室にとびこんでくる者があった。

それを見て、ネズミは思わずさけんでしまう。

「内藤内人！　……なぜ？」

音楽室にとびこんできた内藤内人、そして竜王創也は、ネズミがさけんだのを見のがさない。

「おまえがネズミだ！」

ふたりがゆびさす方向には、口を手でおさえた遠藤佳純《かすみ》が立っている。

18　『夢幻《むげん》』のQとA　あとかたづけ

みんなの視線が、遠藤さんに集まる。

「彼女《かのじょ》が……ネズミ……?」

だれかがつぶやいた。その声からは、信じられないという気持ちが感じられる。

創也が、遠藤さんに近づく。

「あなたがネズミです。みとめていただけますか?」

「………」

遠藤さんは、なにもいわず、無表情で立っている。

しばらくして、彼女の口がひらいた。

「どうして、わたしがネズミだと――」

「かんたんです。内人くんを見ておどろいたのは、ここにいるなかで、あなただけだからです」

創也に名前をだされ、ぼくは両手でVサイン。

「では、質問をかえましょう。なぜ、内人くんを見ておどろいたのですか?」

「それは……。」

そこまでいって、遠藤さんは完全に沈黙《ちんもく》してしまう。

「ぼくから説明しましょう。オルールに化けたあなたは、内人くんの命をねらった。そして、彼《かれ》を屋根の上から落とす。死んだと思うのは、当然でしょう。なのに、なにごともなかったかのように、内人くんがあらわれた。だからおどろいたんです」

「ちょっと待ってください」

口をはさんだのは、三津木さんだ。

「遠藤くんがネズミだという話ですが……。ゲーム開始から、彼女《かのじょ》はぼくといっしょにいました。彼女がオルールに化けて内藤くんをねらったとか、できるはずがありません」

三津木さんの、必死の口調。

遠藤さんを守るためというより、伝わってくるのは、「部下がネズミだったら、監督《かんとく》不行き届きの責任をとらされる。出世できない!」という気持ちだ。

「それに、ぼくらはAKB24のネットでグルグル巻きになってたんです。オルールに化けるなんて、むりでしょ」

創也が指を一本のばし、三津木さんの言葉をとめる。

「確認《かくにん》させてください。三津木さんは、遠藤さんといっしょにＡＫＢ24の攻撃《こうげき》をうけたんですね？」

「そうです」

堀越さんとＦさんを手でしめす創也。

「三津木さんと同じように、堀越さんたちもＡＫＢ24のネット攻撃をうけました。そして、堀越さんたちは、ゲーム終了《しゅうりょう》時刻になってもネットにからまれていました。いっぽう、三津木さんたちは、ネットから脱出《だっしゅつ》している。――そうですね」

無言でうなずく三津木さん。

「どうやってネットをはずしたか、教えていただけますか？」

創也が三津木さんにきいた。

「いや、ぼくもはずしてもらったんです。遠藤くんに――」

その答えを聞いて、創也がうれしそうにほほえむ。

「では、遠藤さんにおききしましょう。遠藤さんは、どうやってＡＫＢ24のネットをはずしたんですか？」

遠藤さんは答えない。能面のような無表情で創也を見ている。

また、かわりに三津木さんが口をひらく。

「それは、かんたんです。ぼくたち竜王グループの社員は、スマホでＡＫＢ24のネットをはずすことができるんです」

そういえば、さっき卓也さんも堀越さんたちのネットをスマホではずしてた。

「じゃあ、どうして三津木さんは自分でネットをはずさなかったんです」

「それは、身動きでき――」

ハッとした顔になる三津木さん。

創也がうなずく。

「ネットでグルグル巻きになったら、スマホをとりだしてネットをはずすことはできません。なのに、どうして、遠藤さんは三津木さんのネットをはずせたか？」

だれも答えない。

創也が、遠藤さんにむかっていう。

「答えは一つです。あなたは、ＡＫＢ24のネット攻撃《こうげき》をうけていない。――そうですね？」

「いや……でも、遠藤くんはぼくといっしょにいて……」

首をふりながら、三津木さんがつぶやく。

創也が質問する。

「ネットに包まれた瞬間《しゅんかん》を、三津木さんは見ましたか？」

「いいえ。彼女《かのじょ》は、ぼくのうしろにいたので……。でも、あの攻撃《こうげき》をよけられるはずありません」

「たしかにそうでしょう。しかし、こう考えたらどうですか？　あなたといっしょにいて、AKB24のネット攻撃をうけたのは、本物ではなくアバターの遠藤さんだったと――」

創也の言葉に、ぼくはおどろく。

遠藤さんを見ると、さっきまでは無表情だったのに、いまはかすかな笑《え》みをうかべている。

「でも……そんな、あのときの遠藤くんが……」

三津木さんが、パニックになっている。

「アバターといれかわってたって……いったい、いつから……」

「ゲーム開始のときからですよ。――そうですね、遠藤さん？」

創也にきかれても、遠藤さんは答えない。

かまわず、創也がつづける。

「あなたがアバターといれかわったのは、ゲーム開始前。暗闇《くらやみ》にまぎれて、あなたは音楽室をでた。そして、自分のかわりに、アバターの遠藤さんを音楽室に出現させたのです」

「なかなかやるねぇ、お姉さん。っていうか、S・NSのプロテクトがあますぎるんだな。プレイヤーに、そこまで勝手なことされたら、ゲームとして成立しないだろ」

家出人オレさんの感想。

「まぁ、おれだったら根本的にシステムを書きかえて、本物の悪夢の世界をつくりあげるけどな。ぜったいに脱出《だっしゅつ》不可能なやつを――」

いや、オレさん。それはゲームじゃなく、拷問《ごうもん》ですよ……。

「なんだかんだいったが、おれは、お姉さんのハッキング技術はみとめてるからな。こんななまぬるい国で育って、よくそんだけの技術を身につけたと思うぜ」

オレさんが、遠藤さんにむかってチャッと指をふる。

このときだけ、遠藤さんはあからさまにイヤな顔をした。

創也が、オレさんを無視してつづける。

「あなたは、ぼくらの前で、目立つようなことをしてこなかった。ひたすらかげの存在に徹《てっ》していた。だから、アバターといれかわっても気づかれなかった。そして、ゲームをアバターにまかせると、あなたはオルールに化けて、ぼくらの命をねらう機会をうかがった。――ここまでで、なにかまちがってるところはありますか？」

「いいえ――」

遠藤さんが、口をひらいた。

「わたしからも、一つ聞かせてほしいんだけど」

ぼくの前に歩いてくる遠藤さん。

「あなたは、屋根から落ちたのにどうして生きてるの？」

ぼくはニヤリと笑い、眼鏡のフレームを指で直した。

そして、思いっきり気取った声――つまり、創也の口調でいう。

「いっつわ、しょおたいむ！」

ぼくの声以上に、創也のため息のほうが大きくひびいた。

物置ににげこんだぼくは、手持ちのものを使って、なんとか生きのびる方法を考えた。しかし、ただ生きのびるだけだと、またネズミから命をねらわれる。

ベストは、ネズミの正体もつきとめられるような生きのび方――。

この、フェルマーの定理を証明するのと同じぐらいむずかしい問題に、ぼくは答えを見つけた。

それが、『一度死んだように見せかけて、とつぜんあらわれる。そのとき、おどろいた人間が、ネズミだ！　作戦』！

ここまで話して、みんなの反応を見る。

麗亜さんが、悲しそうに首を横にふった。

「キッズたちって、ほんとにネーミングセンスがないのね……」

創也と同じレベルあつかいされ、ぼくははげしく傷つく。

いや、落ちこんでいては話が進まない。ぼくは、むりに笑顔《えがお》をつくり、続きを話す。

問題は、どうやって死んだように見せかけるか——。

思いついたのが、屋根からとぶ方法。

夢からさめるのに高いところからとぶという話を、『夢幻』の説明のときにしていた。もし、屋根から落ちて死んだら、ゲームをクリアするのにわれをわすれて思わず屋根からとんでしまったというストーリーがかける。

しかし、ほんとうにとんだら死んでしまう。そこで考えたのが――。

「体育倉庫にある高とび用のマットを、あるだけかさねて屋根の下に敷《し》いてもらうよう、創也にたのんだんです」

ぼくの説明に、みんな納得《なっとく》したようにうなずく。

納得してないのはひとりだけ――遠藤さんだ。

「むりだ。あのとき、きみは、なにも書き残してなかった。どうやって、マットを敷くように連《れん》絡《らく》したというの？」

「いや、ちゃんと書いてあったんですよ」

ぼくは、荷物から、ぬれたハンカチと透明《とうめい》フィルム、白の油性マーカーをだす。

まず、真田女史に頭をさげる。

「ありがとう、真田女史。きみがハンカチを貸してくれたおかげで、なんとか生きてられてるよ」

「こんなこともあろうかと思ってね」

自信たっぷりに、真田女史がいった。

「だから、ハンカチをどう使ったの？」

すこし苛立《いらだ》った遠藤さんの声。

続きを話そうとしたとき、なつかしい『内藤内人の三分間クッキング』のテーマが聞こえてきた。


「内人先生、本日の料理は？」

脳内アシスタントのナオコさんが、笑顔《えがお》でぼくにいう。

「…………」

ぼくは、すこしとまどう。

これまで、ナオコさんが番組乗っ取りを企《たくら》んだり、創也を新メンバーでよんできたり、いろいろあった。なのに、いまの彼女《かのじょ》の笑顔は、そんなことをすこしも感じさせないものだった。

「どうかしたんですか、内人先生？」

小声で、ナオコさんがきいてくる。スタッフも、ザワついてるのがわかる。

ダメだ、いまは本番中。なにより、番組進行を考えないといけない。

ぼくは、笑顔《えがお》をつくり、ナオコさんにいう。

「今日は、手のとどかない場所に、見えないメッセージを残そうと思います」

「まぁ、すごい！　そんなことができるんですか？」

両手をあわせるナオコさん。ピンクのエプロンがゆれる。

ぼくは、材料の書かれたボードを持つ。

「材料は、透明《とうめい》フィルム、ペットボトルの水、ハンカチ、白の油性マーカーです」

「こちらに用意してあります」

ナオコさんが手でしめすテーブルの上には、すでに材料がのっている。

「内人先生、ふつうの黒マジックではダメなんですか？」

じつにいい質問だ。

「ええ。黒のマジックだと、ぎゃくに目立ってしまってダメなんです」

そう答え、ぼくは透明《とうめい》フィルムに白のマーカーで字を書く。

「『布団《ふとん》がふっとんだ』でも『北海道はでっかいどう！』でも、どんなメッセージでもいいんです。でも、今回は命の危険がせまっているので、つぎのようなメッセージを書くことにします」

「こちらが、そのメッセージです」

ナオコさんが持つボードには、「校庭に近いあかり取り窓の下に、高とび用のマットをできるだけ積んでくれ」と書かれている。

「つぎに、折りたたんだハンカチをぬらします」

「どうしてぬらすんですか？」

「重くないと、うまく投げられないんです」

ぼくは、ぬらしたハンカチの上に、メッセージを書いた透明フィルムをのせる。

「このとき注意しないといけないのは、透明フィルムの粘着面《ねんちゃくめん》を上にすることですね」

ウインクして、ナオコさんがいった。カメラが、アップの画面でとらえる。

「あとは、このハンカチを、天井《てんじょう》のライトパネルにむかってトスします」

ぼくは、ハンカチをトスする。透明フィルムは

ライトパネルにひっつき、ハンカチだけが落ちてきた。

「いまは電気がついてるから、透明フィルムに書いた白い文字は見えません。明るすぎて、見えないんです。でも、電気を消してから懐中電灯《かいちゅう》で照らすと――」

いっせいに、スタジオの電気が消えた。

ぼくは、ナオコさんからわたしてもらった懐中電灯でライトパネルを照らした。

ライトパネルにはりついた透明《とうめい》フィルム。そこに書かれたメッセージが、はっきり読める。

スタジオの電気がつく。

「みなさんも、見えないメッセージを残したいときは、参考にしてくださいね」

ぼくとナオコさんが手をふると、軽快なエンディングテーマが流れてきた。

うん、この調子だと、これからもふつうに、『三分間クッキング』をやっていけそうだ。


説明がおわった。

遠藤さんが、信じられないというように首を横にふる。

「理解できないわ……。こんな方法を使って、メッセージを残すなんて」

「そのぬけめのなさが、内人くんなんです」

ぼくをたたく手をとめて、創也がいう。

「どれだけたくさん人がいても、ポケットティッシュをくばってる人を見つける——それが、内藤内人という男なんです」

まだ、遠藤さんは理解できないようだ。

「でも……いくらメッセージを残しても、気づいてもらえなかったら……。現に、わたしは気づかなかった」

「創也は、そんな見落としをするやつじゃないですよ」

ぼくは、創也にかけたヘッドロックをはずしていう。

「猪突猛進《ちょとつもうしん》の大バカ野郎《やろう》でも、その頭脳は裏切らない。——それが、竜王創也というやつなんです」

「………」

だまりこむ遠藤さん。

ジュリアスのため息が聞こえる。

「ぼくも、あなたたちの思考が理解できません」

「そうかなぁ……?」

ぼくと創也は、おたがい顔を見合わせる。

「内人くんなら、かならずなにかメッセージを残してると考えるけどね」

「ぼくも、創也ならかならずメッセージに気づくと考えたんだ。心配なのは、非力で超《ちょう》不器用な創也が、高とび用のマットを、ちゃんと積めるかどうかってことだったな」

「安心したまえ、卓也さんに手伝ってもらったよ」

「だろうな」

笑いあう、ぼくと創也。とちゅうで、バカにされたことに気づいた創也がつかみかかってくる。ぼくは応戦する。

「もし残してなかったら、もし気づかなかったら――そんなふうには思わなかったんですか？命がかかってるんですよ」

ジュリアスの質問。

一時休戦して、ぼくらはうでを組んで考える。

そして同時に答えた。

「想像もしなかった」

ぼくら以外のため息が、音楽室にひびいた。

「いや、わたしは運がいい」

黒川部長がいう。

「わたし自身、ほとんどなにもしてないのに、ネズミの始末ができている。ほんとに運がいい」

喜ぶ黒川部長の横で、卓也さんが遠藤さんにむかって一歩ふみだした。

遠藤さんの動きは早かった。ドアの前にいた堀越ディレクターをつきとばし、音楽室をとびだす。

卓也さんがスマホをだす。

「学園周辺にいる警備保障部に連絡《れんらく》しましょうか？」

「その必要はありません」

黒川部長が、笑顔《えがお》で答える。

「いいんですか？　このままじゃ、にがしちゃいますよ」

ぼくが黒川部長にいうと、

「かまいません。正体を知られて、今後、彼女《かのじょ》は産業スパイをつづけることはできません。それで十分です」

「でも、つかまえて損害賠償《ばいしょう》を請求《せいきゅう》するとか——」

「とんでもありません！」

黒川部長が、手をブンブンふる。

「そんなことをすれば、産業スパイにデータを盗《ぬす》まれたと公表することになります。いちばんこわいのは、『竜王グループのセキュリティはあまい』となめられることです。どのようなときも、竜王グループは弱みを見せてはいけないのです。——そうですよね、創也さま？」

創也を見る黒川部長。

「どうして、ぼくにきくんです？　ぼくには関係ありません」

そっぽをむく創也。

「というわけで、ネズミ退治は、これで終了《しゅうりょう》です。雑務課として報告書を書きますが、おそらく公式文書として処理されないでしょう」

うれしそうに、黒川部長が両手をあわせる。

「ただ——」

黒川部長の視線が三津木さんにむく。

「部下がネズミだったことに気づいていなかった監督《かんとく》責任を追及される者は、いるでしょうね」

頭をかかえる三津木さん。

えーっと……。つまり、これで一件落着？

なんかかわすれてるような……。

そして思いだした。

「創也、脅迫文《きょうはくぶん》！」

ゲーム中、「警告を無視し、聖地を荒《あ》らした罰《ばつ》をあたえる。地獄《じごく》の業火《ごうか》に焼かれて苦しめ」というメッセージがあった。

この件がかたづいてない。

もし、ネズミが校舎に爆発物《ばくはつぶつ》をしかけてたら——。

あわてるぼくに、オレさんがいう。

「ああ、その件なら心配ない。さわぐな」

不思議と、そのひとことで気持ちが落ちつく。

オレさんは、ポケットから、小さなＦＭラジオがついたプラスチックの箱をだし、創也にむかってほうった。

「なんですか、これ？」

「電波受信による自動発火装置。昇降口《しょうこうぐち》のわきにガソリンの入ったドラム缶《かん》があってな、そこにしかけてあった」

……つまり、自動発火装置でガソリンを大爆発《だいばくはつ》させることができたってこと？

考えたら、冷たい汗《あせ》が流れてきた。

オレさんが、卓也さんにいう。

「あんたらの警備保障部に連絡《れんらく》して、ガソリンを始末してもらってくれ。あの量が爆発したら、この校舎は丸焼けだ」

「わかりました」

スマホを操作する卓也さん。

創也は、自動発火装置をいろいろしらべている。

「どうした？　――そんなに複雑な機械じゃないだろ。中学生でも、知識のあるやつならつくれるぜ」

「そうじゃありません」

創也が、オレさんの質問に答える。

「先日、ネズミは理科室にＣ４《シーフォー》を使った時限爆弾をしかけました。なのに、今回はガソリンに、この粗末な発火装置……。なんだか統一感がないような気がして――」

「こまかいことを気にしてると、将来ハゲるぞ」

オレさんが、創也の背中をバンとたたいた。

恨《うら》みがましい目で見る創也と、豪快《ごうかい》に笑いながら場をはなれるオレさん。

かわりに近づいてきたのは、栗井栄太ご一行さま。

「よぉ」

神宮寺さんがニヤリと笑う。するどい犬歯が、チラリと見えた。

テストがかえってくるときは、だれでも緊張《きんちょう》するだろう。（創也のような成績優秀《ゆうしゅう》人間をのぞく）

なかなかよくできたと思ってるときは、ワクワクした気分。出来が悪いだろうと思ってるときは、どんよりした気分。

いまのぼくは、出来がよかったのか悪かったのか、百点なのか零点《れいてん》なのか、さっぱりわからないってときの気分。

創也を見ると、不思議な顔をしている。

いつも満点のテストをかえしてもらってる創也には、こんなとき、どんな顔をしたらいいのかわからないのだろう。

「あのよ……」

神宮寺さんが、頭をかいた。

「おまえら、栗井栄太の講評ってやつを聞きたいんだろ?」

創也が、無言でうなずく。

「姫《ひめ》、なんかいってやれよ」

神宮寺さんが、麗亜さんにふる。

「むりよ。だって、一瞬《いっしゅん》でクリアしちゃったんだもん。講評できる立場じゃないわ。ウイロウ、かわりにどうぞ」

「………」

なにもいわない柳川さん。半分、目をとじてる。ひょっとしてねむいのかな……。

神宮寺さんが、ジュリアスを見る。

首を横にふるジュリアス。

「リーダーにまかせる」

最終的にバトンがもどってきて、神宮寺さんはため息をつく。

そして、また頭をかいていった。

「あのよ、おまえら、『夢幻』をゲームとしてつくったんだよな」

胸につき刺《さ》さるせりふだった。

神宮寺さん、『夢幻』をゲームとしてみとめてないのか……？

「いや、悪い意味でいってるんじゃないぞ」

あわてて前言撤回《てっかい》する神宮寺さん。

「あれ？ でも、実際、悪い意味になんのか？ どっちだ？ ……ああ、もうわかんねぇ！」

神宮寺さんも、どういう言葉を使うのがいいのか、わからないみたいだ。

「きちんと話したいんだけど、なかなかうまい言葉が見つからねぇ。おれは、ゲームに関しては真剣《しんけん》に向きあいたいのに……」

悩《なや》む神宮寺さんの横で、麗亜さんがいう。

「神宮寺ちゃん、ゲームに関してだけは真剣だもんね」

「それ以外のことは、基本的にグダグダだし――」

ジュリアスがつけくわえ、柳川さんがうなずいた――いや、うなずいたんじゃなく、居眠《いねむ》りしてるのか？

「とにかくだ――」

体勢を立てなおす神宮寺さん。

「おれがいいたいのは、『夢幻』の可能性だ」

可能性……？

ぼくには、神宮寺さんがなにをいいたいのか想像できない。

「S・NSを使い、アバターやギミックをだしたのは、おもしろかった。S・NSは、使ってみたいと思わせるシステムだ」

ポツリポツリと、神宮寺さんが話しはじめる。

「自分の好きなものやこわいものがアバターやギミックででる。しかもそれが、本物と区別がつかない超《ちょう》リアルな存在で出現する。プレイしてる時間、それはプレイヤーにとって現実だ」

神宮寺さんの真剣《しんけん》な目。

「おまえらは、こんなことを考えなかったのか？　――大事な子どもを亡《な》くした母親が、このS・NSを使ったら、なにを出現させるか？」

この言葉に、ぼくと創也は、言葉がでてこない。

子どもを亡くした母親がなにを望むか？　そんなの……きまってる。

「よくいうよな。とても近しい人を亡《な》くしたとき、『夢でもいいから会いたい』って——。夢ならいい。見つづけようと思っても、かならずさめる。だが、おまえらの『夢幻』はちがう。S・NSのシステムを停止させないかぎり、夢を見つづけることができるんだ」

不意に、〝人類はさめない夢を見る〟という言葉が、頭の中をよぎる。

「あとで、S・NSのログを見てみろ。死んでる人間や、実在しない人間が、アバターとして登場してなかったか——」

神宮寺さんの口調は、おこってるわけでも悲しんでるわけでもない。

冷静に事実を語っている。

「気をつけろ。おまえらのつくったゲームは、退屈《たいくつ》な日常を吹《ふ》きとばすというより、日常を消し去ってしまう危険さがある」

「…………」

「あと、ゲームをクリアしてもゲームオーバーでも現実にもどるって矛盾《むじゅん》——。あれは、まちがってるな。正確には、〝現実にもどる〟じゃなく〝悪夢の世界がおわらない〟だ。一度『夢幻』をプレイしたら、夢はさめない……」

その言葉を、ほめ言葉とうけとってもいいのだろうか……？

ぼくには、わからない。

神宮寺さんが、創也の肩《かた》にポンと手をおいた。創也の体が、ビクッとふるえる。

「今後、『夢幻』に手を入れるのなら、おれのいった意味をよく考えるんだな」

「……………」

創也は、うつむいている。

神宮寺さんが、大きく伸《の》びをした。

「さてと……。いまから仕事にいっても、店のそうじぐらいしか残ってないな。今日はサボりだ。——みんなは、どうする？」

麗亜さんたちにきく。

「わたし、カラオケ！」

元気に答える麗亜さん。

「ぼくは、もう帰って寝《ね》たいな。睡眠《すいみん》不足は、肌《はだ》に悪い。——いいな、姫《ひめ》は、とっくの昔に〝お肌の曲がり角〟をすぎてるから」

よけいなひとことで、意識を断《た》ち切《き》られるジュリアス。

麗亜さんは、半分ねむってる柳川さんと気を失ってるジュリアスをひきずり、音楽室をでていく。

「さぁ、神宮寺ちゃんもいくわよ！　いまから、二十四時間耐久《たいきゅう》カラオケ大会よ！」

ぼく、学校があるんだけど――意識があったら、ジュリアスは、そういいたかっただろう。

神宮寺さんがため息をつき、創也を見る。

「――というわけだ。しかたないけど歌ってくる。ああ、『ぎゃふん』の問題があったな」

うでを組み、考える神宮寺さん。

創也が、うなずく。

「今回、痛み分けってことにしないか？」

それを見て、神宮寺さんがウインク。

「また機会があったら、遊ぼうぜ」

麗亜さんのあとを追う神宮寺さん。

「神宮寺さん――」

創也が、神宮寺さんをよびとめる。

「なんだ？　おれのいったことに、なにか文句でもあるのか？」

ふりかえる神宮寺さんにむかって、創也はていねいに頭をさげた。

「………」

神宮寺さんは、フッと笑うと背中をむけた。


堀越ディレクターとFさんが、機材をまとめる。

「竜王くん、また新作ゲームができたら、連絡《れんらく》してくださいね」

創也に、しっかり念をおす堀越ディレクター。

青山さんは、気落ちしている三津木さんをなぐさめている。

「だいじょうぶ、きみはまだまだ若い。——よし、これから飲みにいこう!」

持ってる杖《つえ》をふりまわす青山さん。あまり酒を飲めないっていってたけど、教え子のためには飲めるんだ。

なんだか、『夢幻』がはじまるまえより元気になってる。

「竜王に内人、ぼくらも帰るよ。真田女史は、ちゃんと送ってくから」

健一がいう。『夢幻』がはじまるまえとは別人のように、自信にあふれて見える。

「ぼく、R・RPG《リアル・ロールプレイングゲーム》って、よくわからないけど、おもしろかったよ。また、なにかつくったら遊ばせてくれな」

「ああ、約束する」

創也が答えると、健一がニカッと笑った。

卓也さんと黒川部長も、警備保障部の人たちに話をしに、音楽室をでる。

残ってるのは、ぼくらと家出人オレさんの三人。

「さて、おれも帰るか。今日は、踏切《ふみきり》工事の仕事が入ってるし」

オレさんが、大きく伸《の》びをした。

「これから働くんですか？」

ぼくは、おどろく。父さんと同じぐらいの年なのに、一睡《いっすい》もせずに踏切工事なんて……。

「おれは、その日暮らしだからね。毎日働かないと、めしが食えないんだ」

楽しそうにいうオレさん。

ズダ袋《ぶくろ》を背負いなおし、音楽室をでようとする。

「家出人さん」

創也が、よびとめた。

「なんだ？　おれにも礼をいいたいのか？」

ふりかえるオレさんにむかって、

「礼？　――ちがいますね。『ふざけるな』という言葉と『二度とぼくの前にあらわれるな』という言葉を送ります」

それを聞いたオレさんは、鼻の頭をかく。

「まったく、反抗期《はんこうき》の中坊《ちゅうぼう》にはかなわねぇな」

そして、かるく手をあげると音楽室をでていった。

「元気でやれよ」

の言葉を残して――。

無言でオレさんの背中をにらみつける創也。

ぼくはいう。

「なんだよ、創也。くわしいことはよくわからないけど、オレさんは発火装置を見つけたりして、ぼくらを助けてくれたんだぜ。お礼いわなくて、よかったのか？」

「いいんだ」

素っ気ない創也の返事に、ぼくはすこしカチンとくる。

「おまえ、冷血漢だったけど、礼儀《れいぎ》知らずでもあったんだな」

すると、創也がボソッといった。

「あれは、ぼくの父親だ。父親が息子《むすこ》を助けるのは当然だ」

「そうか、オレさんは創也のお父さんだったのか。知らなかったよ」

いってから、言葉の意味が理解できた。

「父親～！」

「ぼくは、なんとなくそうなんじゃないかと思ってたんだ。でも、確信を持ったのは、ついさっきだ。卓也さんや黒川部長は、いまも気づいていないはずだよ。それほど、風貌《ふうぼう》がかわってしまってるからね」

創也のつぶやきは、ぼくの耳には入ってこない。

あの人が、創也の父親……。

いままで漠然《ばくぜん》と持っていた、〝背広を着こなし、ドライアイスより冷静で、歩くコンピュータ〟

という創也の父親のイメージ像が、ガラガラとくずれる。

「なにはともあれ、これで『夢幻 Ver.1.0』はゲームエンド。——お疲《つか》れさま」

創也が、ぼくの肩《かた》をたたいた。

いままでの疲れがドッとでて、ぼくはその場にしゃがみこむ。

第四部
夢で会いましょう

その一　プレイヤー：竜王創《つくる》もしくはIEDENIN&スタッフ：AOYAMA

焼き鳥のけむりでかすんだ、居酒屋の店内。

内藤内記《ないき》がすりガラスの戸をあけると、大勢の客でにぎわってる奥《おく》で、竜王創がビールのグラスを持った手をふる。

「お〜い、内記氏！　ここだ、ここ！」

内記は、泳ぐように客のあいだをかきわけ、創の横にすわる。

すわると同時に、店員が内記の前にグラスをつきだし、おしぼりをおく。

「とりあえず、びんビール追加。あと、焼き鳥の盛り合わせ」

注文したのは創だ。

「承知しました！」

元気よく答え、注文を厨房《ちゅうぼう》に伝える店員。

内記が創にいう。

「わたしの食べたいものは、きかないのか？」

「ああ、悪い。——でもまぁ、今日はおれのおごりだ。文句をいわず、飲んでくれ」

内記の持つグラスに、創がビールをつぐ。

「おごりって……金は？」

——あまり余裕《よゆう》があるように見えないけどな。

内記は、のび放題の髪《かみ》を束ね、素足《すあし》にサンダルの創を見て思った。

「だいじょうぶ。今日は踏切《ふみきり》工事でかせいだし、このあと、セキュリティシステムの脆弱性《ぜいじゃくせい》に関するレポートを書いて、売る計画もあるしな」

「どこへ売る気なんだ？」

「某超巨大《ぼうちょうきょだい》総合企業《きぎょう》」

「そんなところが、きみのレポートを相手にするかな？」

「だいじょうぶ。すこしばかり伝手《つて》もあるしね」

品書きを見て、砂肝《すなぎも》を追加注文する創。

「それにしても悪かったたな、休日なのによびだして」

創の言葉に、内記は首を横にふった。

「いいよ、べつに。どうせ、休日出勤だったし――」

「それで、ネクタイしめてんのか。納得《なっとく》した」

「会社にいかないのに、わざわざネクタイしめるほど、わたしは物好きじゃないよ」

「たいへんだな、日本のサラリーマン」

自分のグラスにビールをつぐ創。

内記のグラスにもつごうとしたら、

「あまり飲めないんだ。じつは、会社の健康診断《しんだん》にひっかかってね」

グラスを手でふさぐ内記。

「ふ～ん。そんなの、ビール飲んだら治るぞ」

創の言葉に、内記は苦笑いする。

「あいかわらず、むちゃくちゃだな……。で、今日は、なんでよびだしたんだ?」

「そうそう、聞いてくれるか!」

創の目がかがやく。

「じつはな、何年ぶりかで息子《むすこ》と遊んだんだ」

そして、グラスのビールをいっきに飲みほした。

「でさ、その息子《むすこ》の友だちってのが、なかなかおもしろいやつでな。うん、内記氏に、どことなく似てるよ。……えーっと、どこまで話したっけ？」

かなり酔《よ》いがまわってきている創。

「別れぎわ、息子から『二度とあらわれるな』っていわれたとこ――」

焼き鳥をつまみながら、内記が答える。

「あれ？　なんだ、ぜんぶ話しおわってるのか？　いや……まだ、なんか話しわすれてるような気がするな」

酔った頭をたたき、思いだそうとする創。

「ああ、そうそう！　技術室で青山さんと話をしたところが、ぬけてるんだ！」

「技術室で話？　きみは、保健室で青山さんと別れたあと、ずっと保健室のベッドでゴロゴロしてたんじゃないのかい？」

内記がきいた。

「いや、じつは、そのあいだの話があるんだよ。青山さんが保健室をでてからさ、なんか彼《かれ》のようすが気になってね。あとを追いかけたんだ。すると、ＡＫＢ24が青山さんをねらっててさ――。あわてて助けたんだ。そんとき、竜王グループの若いのがまきこまれてたみたいだけど、だれが悪いわけでもない。運が悪かったんだな」

――そうかなぁ……。なんか、創のせいで、みんなが不幸にまきこまれてるような気がするな……。

内記は、焼き鳥を食べながら思った。

「で、おれは青山さんを技術室へつれていったわけよ。青山さんが技術家庭の先生だってことは、いったか？」

「いった。ちなみに、青山さんの妹も先生で、竜王グループの若いやつを教えてたってことも」

「その妹さんが、体をこわしたとかは――？」

うなずく内記。

「よし、じゃあ、続きを話してやろう」

えらそうに、話しはじめる創。

「青山さん、年のせいで、足が弱ってるんだ。で、かかえるようにして技術室へつれていった」

「そこは、さっき聞いた」

文句をいう内記。

「……ちょっと酔《よ》ってるな。話がくどくなってきた」

そういいながらも、創はびんビールを追加注文する。

「技術室に入って、なんか違和感《いわかん》を感じたんだ。校舎内は、とてもきれいなんだけど、技術室は
さらにきれいでさ――」

「開校がせまってるから、きれいにしてて当然だろ?」

「うん、そうなんだ。でも、なんかおかしいなと思ってさ……。で、気がついたんだ」

「なにに?」

「校庭だ。校庭が草だらけってのは、話しただろ」

内記がうなずく。

「ああ、たしか、ひざまで草がのび――」

内記の言葉がとまった。

「どうして、校舎はきれいなのに、校庭の草はぬいてないいんだ?」

「そこだよ」

創の目がかがやく。

「青山さんは、竜王学園が開校するまで管理人として働いている。中等部以外は鉄筋校舎だから、ほったらかしにしてるってのはいったよな。つまり、青山さんは中等部専門の管理人。だったら、中等部が使う校庭も、きれいにしなきゃいけない。おかしいよな」

「きみは、どう考える?」

「わからん。だから、青山さんに直接きいたんだ」

内記は、おどろく。

――なんてすなおな行動をするやつだ……。

「そうしたら青山さんは、『校庭はべつにいいんだ』と答えた。つまり、自分にとって大事なのは校舎――それも中等部の木造校舎だけだっていってるわけさ」

「自分と妹さんがつとめてた校舎だから、特別思い入れがあったとか……」

「最初、おれもそう考えた。で、内記氏にきく。――きみは、自分が退職してから、働いていた会社のビルを、『思い出がつまってるから』と、そうじする気になるかい? しかも一回だけじゃない。管理人として、ずっと――」

「なるわけないだろ」

テーブルを、ドンとたたく内記。

創は、うなずく。

「だろうな。それが、ふつうだ。つまり青山さんには、ふつうじゃない理由があるってことだ。それがなにか？　おれは持ってたタブレットをだし、ＡＫＢ24の監視《かんし》システムにアクセスした」

「……じつにもったいないと思うよ。きみのコンピュータをあつかう技術は、踏切《ふみきり》工事じゃ発揮できないだろ？」

ため息をつく内記を、創は無視してつづける。

「すると、わかったんだ。技術室にもＡＫＢ24の監視カメラがついている。その映像は、ＡＫＢ24の本体にいくまでに、バイパスで静止映像をひろうように書きかえられていた」

「静止映像？」

「技術室の写真だ。つまり、技術室でだれがなにをやっても、つねに監視カメラは〝なにもおきてない技術室の映像〟をＡＫＢ24の本体に送ってるわけだ」

「技術室の監視カメラは、青山って人がつけたんだったよな。どうして、そんなしかけをしたんだろう？　――きみは、どう考える？」

「わからん。だから、青山さんにきいたんだ」

――ほんとに、すなおな行動をするやつだ。

感心するというより、あきれる内記。

「青山さんは、なんと答えたんだ？」

「答えなかった。だから、わかったんだ。答えられないようなことを、かくしてるって」

——なるほど。

内記は、すこし考えてからいう。

「そこまでしてかくしてるんだから、ソッとしておくほうがいいんじゃないか？」

「ふだんのおれなら、そうする。他人がどうしてようが、関係ないからな。でも、今回は別だ」

「ああ、きみは、息子《むすこ》のゲームをじゃましにいってたんだったね」

「酔《よ》ってるのか、内記氏？　おれは、息子のゲームをじゃまするやつを退治しにいってたんだ。最初に、いっただろ」

悪かったというように、内記が手をあげる。

「息子たちがはじめて校舎に入ったとき、脅迫文《きょうはくぶん》があったと聞いた。おれは、ネズミが書いたと思ってたんだけど、ひょっとして青山さんが書いたんじゃないかと思ったんだ。考えてみたら、青山さん以外、人体模型の背中に脅迫文をはるなんてことできないんだよな」

「だが、なんのために書いたんだ？」

「わからん。きいても教えてくれないだろうし——。だから、いろいろしらべてみた。すると、S・NSのアバターの中に、青山さんの妹のアバターがあったんだ」

「それは……竜王グループの若いやつが教え子だから、先生のことを思いだして、会いたいなという気持ちからアバターができたとか……」

「おれも、最初は、そう思った。で、若いやつと先生との会話のログをチェックしたんだが、そいつは先生のことをなかなか思いだせなかったよ。あたりさわりのない会話だけだった」

「じゃあ、どうしてアバターが……」

「チェックすると、外部から侵入《しんにゅう》させたアバターだということがわかった。やったのは、青山さんだ」

「証拠《しょうこ》は？」

「関係者のなかにハッキングの技術があるやつは、おれやネズミもふくめて数名いた。しかし、そのなかで妹のアバターをつくれるのは、青山さんだけだ」

「…………」

「内記氏、さっき、退職した会社のビルそうじをしないっていったよな？」

創にきかれ、内記はうなずく。

「でも、青山さんの妹は、それができる人だったんだ。文字どおり、命がけで生徒に接した。そして、力つきた……」

「死んだというのか？　でも、青山さんは、田舎《いなか》の学校で元気に教師してるって――」

「うそだよ」

ボソッと創がいった。

「もし、ほんとうに元気なら、どうして青山さんは妹のところへいかない？　たったふたりだけの身内じゃないのか？」

内記は、なにも答えない。

「これは、おれの想像じゃない。いくつかの病院や火葬場《かそうば》のデータに侵入《しんにゅう》したら、妹が病死して火葬されてることまでわかった」

「…………」

「だが、埋葬《まいそう》されてるデータはなかった」

「……ひょっとして、青山さんは妹を――」

「あの校舎は、巨大《きょだい》な墓標だ」

内記の言葉をさえぎり、創がいった。

「だから、青山さんは校舎を守りつづけた。廃《はい》校《こう》になっても、きれいにしつづけた。解体されるのには反対したが、そのまま移築することには賛成した。竜王学園として開校するのには反対しつづけたが、最終的には開校に賛成した。どうして、反対するのをあきらめたか？」

「…………」

「青山さんは、わかったんだ。自分も高齢《こうれい》になり、いつまでも校舎を守りきれない。だったら、自分の命がつきるとき、校舎も消してしまおうと——。青山さんは、覚悟《かくご》を決めたんだ」

「…………」

内記が手をあげて、店員をよぶ。

びんビールと焼き鳥を追加注文し、自分のグラスにビールをつぐ。そして、創のグラスにもいれた。

創はグラスを干してから、つづけた。

「開校まで、静かな時をすごそうとしてたとき、息子《むすこ》たちがゲームで使う話がでた。たいせつな時間をじゃまされるのがいやで、青山さんは脅迫文《きょうはくぶん》を書いた。――おれは、自分でわかったことを、青山さんにいったよ。彼《かれ》は、だまってうなずいた。そして、ゲームがおわったら校舎を燃やすつもりだったと教えてくれた。昇降口《しょうこうぐち》のわきに、ガソリンも用意してあるって」

「どうするんだ？　みんな、死んじゃうじゃないか！」

そういってから、内記は思いだす。

――いや、だいじょうぶ。現に、創は生きてるし、ゲームが無事におわった話もしてくれたじゃないか。……いかんなぁ……飲むペースが早すぎるんだ。

酔《よ》った頭をふる内記。

創は、ため息をついてつづける。

「おれは、青山さんを説得できるような生き方してねぇからな。だから、一つだけきいたんだ」

「なにを？」

「『生徒を卒業させたら、先生の仕事は終わりなのか』って――」

「青山さんは、なんて？」

「教師は、渡《わた》し船《ぶね》の船頭みたいな仕事だって答えた。ただ船頭とちがうのは、対岸までわたしたあとも、旅人が無事に旅をつづけてるか心配でしかたないって……」

「………」

「S・NSやAKB24のシステムをチェックしてるとちゅうで、おれはネズミの正体がわかった。竜王グループの若いのが、監督《かんとく》不行き届きで打ちのめされるのは目に見えてる。そのことを話したら、青山さんはしばらく考えたあと、技術室をでていった。もどってきた青山さんは、発火装置をわたしてくれたよ」

「………」

「もう、おれにできることはないからね。保健室へもどって、しばらく仮眠《かみん》をとったんだ」

ビールびんをさかさにし、最後の一滴《てき》までグラスにつぐ創。

「内記氏、まだ飲めるだろ？」

「最初にいったぞ。健康診断《しんだん》にひっかかったって――」

「そのわりに、かなり飲んでると思うけどな」

いわれたとおり、内記の目の前には数本のビールびんがころがっている。

「楽しく飲む酒が、体に悪いはずがない。——ほら、乾杯《かんぱい》！」

新しくとどいたビールをグラスにつぎ、創がいった。

「医者には聞かせられないせりふだな」

内記は苦笑いして、グラスを手に持つ。

「乾杯」

その二　家族会議

『夢幻《むげん》』がおわって一週間後――。

ぼくと創也は、会長の前にすわっている。卓也さんは、前回と同じで車の中で待っている。

契約書《けいやくしょ》を確認《かくにん》する、おばあさんと創也。

「違約金《いやくきん》は発生しない――これで、いいかい？」

おばあさんにきかれ、創也はうなずく。

「竜王グループがＳ・ＮＳやＡＫＢ24のシステムを脆弱《ぜいじゃく》にしたことについては、いろいろいいたいこともありますが、不問にします」

「いい判断だね。些細《ささい》なことをグチグチいうのは、精神衛生によくない」

「些細なこととは思えませんが――。おかげで、竜王グループはネズミ退治ができた。ちがいますか？」

「ほんとに、些細《ささい》なことだよ」

おばあさんが、かるく手をはらう。

創也は、まゆをひそめてからいう。

「でも、あの人がゲームに乱入してきたのは腹立たしいですね。あんなむちゃな動きをされたら、ゲームが台なしです」

あの人——家出人オレさん。つまり、創也のお父さんのことだ。

「ふむ……」

おばあさんが、テーブルにあるクッキーをつまむ。

「おまえたち、食べないのかい?」

創也は意地でも食べないって顔をしてるし、ぼくは緊張《きんちょう》で食欲がない。

おばあさんは、クッキーの粉をこぼさないように食べ、ティーカップを持った。そして、創也にいう。

「おまえ、あの男をあまく見てるんじゃないのかい?」

おばあさんの目がするどい。

「わたしの娘《むすめ》がえらんだ男。ひと山いくらで売ってるような安物と、いっしょにするんじゃないよ」

「しかし……いくらネズミ退治のためとはいえ、むちゃくちゃすぎます」

「一つ、いっておこう」

おばあさんが、指を一本のばした。

「竜王グループは、あの男にネズミ退治をたのんでいない。ゲームに参加してネズミ退治をしようとしたのは、あの男の意思だよ」

「どうして、そんな……」

おどろく創也をおばあさんは、〝そんなかんたんなこともわからないのかい、このバカ孫が！〟という目で見る。うん、まちがいなく、おばあさんと創也は血がつながってる。

「そんなんじゃあ、あの男をこえるのは死ぬまでむりだね」

「………………」

「おまえは勘《かん》ちがいしてるようだけど、あの男が家をでたのは、竜王グループからにげだしたんじゃない。自分のやりたいことをやるのに、竜王グループは小さすぎるからなんだ」

「………………」

創也は、だまって聞いている。どんな理由も、自分には関係ないって表情だ。

創也のおばあさんがつづける。

「やりたいことをやって満足して、ちょっとばかり休みたくなったら、あの男は帰ってくるさ。だから、わたしは自由にさせてるんだ」

おばあさんが、ニッコリ笑う。見てる人をホッとさせるような笑顔《えがお》だ。

「いまのおまえなら、将来的に竜王グループの総帥《そうすい》になれるだろう。だが、あの男をこえるのはむりだな」

「…………」

「あの男が竜王グループからでたのは、ほかにおもしろいことがあるからだ。最初からにげてるおまえとは、ちがう」

おばあさんの言葉に、創也がくちびるをかみしめる。

「そして、おまえが危険だという情報をつかむと、心配になって、すぐにやってきた。まぁ、おもしろそうだからきたってのが、ほんとうだろうがね」

「気まぐれでしょ。ぼくが感謝するすじあいじゃない」

「それでも、あの男はやってきたよ」

「…………」

おばあさんが、クッキーをつまむ。

「おまえは、かわいい孫だ。できるなら、わたしの目の黒いうちに、あの男をこえてほしいとは思ってる」

「…………」

ティーカップを持つおばあさん。

「クッキー、食べないのかい？　食べないのなら、話は以上だ」

ぼくと創也は立ちあがり、ていねいに頭をさげた。


「おまえのおばあさん、いくつまで生きてるつもりなんだろうな？」

帰りの車の中で、ぼくはきいた。

「このあいだ、百三十歳《さい》までの人生設計を聞かせてくれた。そろそろ老後の心配をしないといけないっていってたな。はやく引退して、第二の青春を送りたいそうだ」

化け物だな。

そんなことを思ってたら、創也がボソッといった。

「正直にいおう。ぼくは、にげてるんだと思う。何万人にもなる竜王グループの従業員とその家族に、おばあさまは責任を持って生きている。……ぼくには、できない」

「………」

窓の外の景色を見つづける創也。

ぼくは、明るい口調でいう。

「だけど、にげるためにゲームをつくってるわけじゃないだろ」

「当然だ」

即座《そくざ》に、創也が答える。

「そんな気持ちでゲームをつくったら、栗井栄太ご一行さまに瞬殺《しゅんさつ》されるよ」

「そりゃそうだ」

しばらく会話がとぎれる。

ぼくはきいた。

「『夢幻』は、どうする？」

「………」

創也は答えない。

神宮寺さんに、ゲームとしてつくってるのか？　といわれた。それに、『頭脳集団《ブランナ》』からの

〝人類はさめない夢を見る〟という言葉。

このまま『夢幻』をつくってもいいのかという不安がある。もしつくるのなら、根本的に考えなおさなければいけないんだろうか?

創也が、頭のうしろで手を組む。

「考えないといけないね」

それっきり、まただまりこむ。

車内の空気が重い。

ぼくは、ゲーム以外の話題をさがす。

「でも、おどろいたな。オレさんが、おまえのお父さんだったなんて。ほんとは、なんて名前なんだ?」

「『創』。『創也』から『也』をとって、『創』の一文字で『つくる』」

「そういや……創也は家のこと話さないな」

創也が竜王グループの御曹司《おんぞうし》だってことは知ってる。でも、それだけだ。今回の件で、お父さんが家をでてることや、婿養子《むこようし》だってことはわかったけどね。

「なんで、いままで話してくれなかったんだ?」

「きかれなかったからね。ぎゃくに、どうしてきみは、ぼくの家のことをきかなかったんだい？

気にならなかったのかい？」

「おまえが話さなかったからな」

「……話そうか？」

ぼくは、しばらく考えてから答える。

「いまは、いいよ。ほかに考えないといけないことも多いしね」

「そうだな」

創也が、頭のうしろで手を組む。

「まったく、リセットスイッチがほしいよ……。リセットして、頭の中をからっぽにしたいな」

弱気なせりふを吐《は》いた。

ENDING《エンディング》
リセットスイッチ

「――というわけで、山です！」

ぼくは、背後にそびえる山を手でしめす。

「……話が見えないんだけど」

明るい日差しとは真反対の暗い声は、創也だ。

「いくつか質問がある。どうして、ぼくはここにいるんだ？」

「かんたんな質問だね。山が、そこにあるからだ！」

ぼくは、創也をビシッとゆびさす。

「……ますますわからないんだが」

「フッ、理解力に欠けるやつだ」

ぼくの言葉に、創也の殺意がふくらむ。

しかたない、ここはていねいに説明してやろう。


いつだったかわすれたけど、おばあちゃんにいわれたことがある。

「おまえが大きくなって、なにかうまくいかなくて悩《なや》んだり、答えが見つからなくて考えすぎたりしたときは、あそこのてっぺんまで走りな」

おばあちゃんがゆびさしたのは、遠くに見える高い山だった。

「そこにいくと、答えがあるの？」

「ないね。あそこへいくまでが大事なんだ」

ぼくには、おばあちゃんがいってる意味がわからなかった。

「とちゅうに、答えがあるの？」

ぼくがきくと、おばあちゃんは首を横にふる。

「答えなんか、どこにもないよ」

おばあちゃんの返事に、ぼくは首をひねる。

そんなぼくの頭に手をのせて、おばあちゃんがいった。

「人の小さな頭で考えることなんか、たかがしれてる。で、考えすぎて、ろくでもないことをはじめる。神さまをつくりだして、答えを見つけたような気になる。それよりは、あそこまで走ったほうがいい」

「……でも、あんな高い山、走れるの？」

「走るんだよ。足が動かなくなっても、心臓が爆発《ばくはつ》しそうになっても——苦しくても苦しくても、走るんだよ。そうしたら、わたしがいってることがわかるから」

「…………」

おばあちゃんが、ぼくの目を見る。

「そんなときがきたら、わたしのいったことを思いだしな」


「それで、目かくしをされたうえにロープでグルグル巻きにされ、車にほうりこまれたのか？」

「創也の悩《なや》みごとを解決するためっていったら、卓也さんは喜んで協力してくれたよ。ぼくのミスは、『割れ物注意』のシールをはらなかったことだな。まぁ、卓也さんがおまえのことをどう思ってるのかは、よくわかったけどね」

その卓也さんは、さっき車で帰っていった。

ぼくは、アキレス腱《けん》をのばしてから、ひざの曲げのばし。

「で、ぼくに走れっていうんだな？」

「〝ざっつらいと〟だよ、創也」

ぼくは、親指をグッと立てる。

「さぁ、いくぞ！」

走りだすぼく。創也は、ついてこない。

「なぜ走らない？」

「なぜ走らないといけない？」

「さっきもいっただろ。頭をからっぽにするためだ」

「ほかの方法を希望する」

テコでも動かないって感じの創也。

まぁ、ここまでは想定内だ。ぼくは、ポケットから一枚の紙をだす。

「これと同じものを、卓也さんにわたしてある。三十分したら、読んでくださいっていってね」

「……なにが書いてあるんだ？」

警戒《けいかい》した創也の声。

「おまえが卓也さんにしてきた、いくつかの悪行」

創也の顔色がかわった。

「たとえば、保育士の面接試験の日にちをわざとまちがえて教えたこと、近くのコンビニにある『保育士の友』と『転職こそ天職』を買い占めたこと、黒川部長に『卓也さんがゴルフにいきたいっていってました』とデマをいったこと――」

創也の顔色が、青から地面の色にかわっていく。

「ほかにもいくつか書いてあるんだけど、ぜんぶ紹介《しょうかい》しようか?」

ぼくの提案に、創也が首を横にふる。

「ちなみに、山のてっぺんに自転車がおいてある。卓也さんにつかまるまえに山のてっぺんについたら、自転車で下り坂だ。おまえの命は助かるよ」

「………」

「どうする?」

返事を聞くまでもなかった。遠くからかすかに、ダッジ・モナコ七四年型の低いエンジン音が聞こえてきたからだ。

ダッシュで走りだす創也。

ぼくも、あわててあとを追う。

走りはじめて数分後――。

うでも足もパンパンに張っている。心臓は高速度で波打ち、酸素を吸いたくて口はあけっぱなし。

平地を走るより、はるかにキツイ。

うつむいて走ると、そのまま前にたおれこんでしまいそう。

だからぼくは、顔をあげ、山のてっぺんをにらみつける。

「頭を……からっぽにするまえに……命が……からっぽになるような気が……するん……だけど
──」

ぼくの横で、創也がいった。

「〝息も絶え絶え〟を八文字以内で説明せよ」という問題があったら、ぼくは「いまの創也の状態」と答えるだろう。

創也の背中をポンとたたく。

「話せるうちは……だいじょうぶ」

ふらつく創也をはげます。

でも、さらに数分後──。

あいた口からは、言葉がでてこない。ゼェハァいうあえぎ声だけ。

頭はズキズキする。耳は、体からの悲鳴を聞いている。

脳内に、自分があらわれる。ビーチチェアに寝《ね》ころび、トロピカルジュースを飲んでいる。

「やぁ、ご苦労なことだね。きみも、休んだらどうだい？」

とても魅力的《みりょくてき》な言葉をいう自分。けりとばして脳内からほうりだしたいけど、そんな力が残ってない。

ぼくは、自分にいいきかせる。

なにを考えてるんだ。そんな場合じゃないだろ！

……うん、たしかにそうだ。

大きく息を吸い、さけんだ。

「おおおおおおおお！」

横で、創也がおどろいてるのが気配でわかる。

でも、さけぶのもこれで最後。そんな力が残ってるのなら、ぜんぶ、体にくれてやれ！

足をあげろ。手をふれ。——一ミリでも動いたら、まだだいじょうぶ。

心臓が苦しい。でも、苦しいうちはだいじょうぶ。

ほんとにダメだったら、苦しいとも思わない。

前をにらみつけろ！

そこに答えはないかもしれない。でも、ぼくは前を見るんだ。

そして——ぼくは考えるのをやめた。

気がついたら、青空が見えている。

ぼくは、仰向《あおむ》けに寝《ね》ころんでいるようだ。

目を動かしても、空しか見えない。——つまり、ここは山のてっぺん。

ゆっくり上半身を起こす。

自転車が二台見える。

そのわきに、ボロ雑巾《ぞうきん》——じゃなく、創也がころがってる。

「創也……生きてるか?」

「……死んでる」

うん、生きてるようだ。よかった、よかった。

「で、質問があるんだけど……」

ボロ雑巾——じゃなく、創也も身を起こす。

「どうして、ぼくらは走らなきゃいけなかったんだ?」

「……さぁ?」

よく思いだせない。

わかってるのは、いま、とても気分がいいってこと。

いってみれば、プールそうじをおえたような気分。藻《も》でぬるぬるだったプールが、いまは青い水で満たされている。

「よし、帰るか?」

「いや……もうすこし、休憩《きゅうけい》させてほしい」

弱音を吐《は》く創也が、つぎの瞬間《しゅんかん》、ものすごい勢いで自転車にまたがる。

地面を通して感じる、ダッジ・モナコ七四年型のエンジン音。

卓也さんが、せまってきてる!

ぼくも自転車にまたがり、下り坂につっこむ。

耳もとを、すごいスピードで風が通りすぎる。

うん、だいじょうぶ。

ぼくらは、まだ走りつづけられる。

データをセーブしますか?
YES　NO

データをセーブしました。

〈FIN〉

第五部
おまけ

その一　都会《まち》の明智小五郎《あけちこごろう》&小林《こばやし》少年（もしくはトムソアナザー）

書き割りのような砦《とりで》の風景。

乱雑につめこまれた本棚《ほんだな》を背にして、竜王創也が口をひらいた。

「どうしてこうなったんだろう……？　内人くんができる範囲《はんい》で、状況《じょうきょう》を説明してくれないか」

「説明するまでもないだろ。文化祭でやるクラス演し物《だしもの》で『乱歩《らんぽ》アナザー』をやることになって、おまえが明智小五郎役に決まった。——それだけじゃないか」

ぼくが答えると、創也が首をひねる。

「まだ理解できないね。どうして、ぼくが明智小五郎役をしなければいけないんだ？」

「それはね——」

ぼくは、大きなため息をついてから言葉をつづける。

「おまえが、わが校はじまって以来の秀才《しゅうさい》で、顔とスタイルがよく、クラスの女子全員が『明智小五郎役は竜王創也くん以外、考えられなぁ〜い』っていったからだよ」

できるだけ棒読みにならないよう、ぼくはいった。

あと、ぼくは小林少年役に決まった。

「ふむ」

満足そうにうなずき、眼鏡の位置を指で直す創也。

ぼくはつづける。

「ちなみに『乱歩アナザー』は、少年マガジンエッジで大好評連載中《れんさいちゅう》のマンガで、かいてるのは薫原好江《かおるはらよしえ》先生——」

「そういう有名な話はいいから」

ぼくの話を、かるく手をふって吹《ふ》きとばす創也。

指を一本のばし、蘊蓄《うんちく》を語りはじめる。

「乱歩といえば、『現世《うつしよ》は夢　夜の夢こそまこと』という言葉が有名だが、ぼくは『美しさ身の毛もよだつ五彩《さい》のオーロラの夢』のほうが好きだね。これは『防空壕《ぼうくうごう》』という昭和三十年に発表された短編に書かれていたんだけどね——。乱歩も、好んで色紙に書いていた言葉だ」

ぼくの人生において死ぬまで必要のない知識を、ペラペラと話す創也。こいつの頭には、こんなむだな薀蓄《うんちく》を山のようにしまってある。

「では、明智小五郎になりきるため、研究をはじめようか」

そういって、部屋のすみから大きな箱をひきずってくる。

人間がひとりすっぽり入るぐらい大きい、黒い木箱。中から木綿《もめん》の着物とヨレヨレの兵児帯《へこおび》、モジャモジャ髪《がみ》のカツラをだした。

「ちょっと待てよ、創也。モジャモジャ髪はいいとしても、なんで木綿の着物なんだ?」

明智小五郎というと、黒の背広をビシッと着てるイメージがある。着物にモジャモジャ頭なんて、金田一耕助《きんだいちこうすけ》じゃないか。

ぼくの言葉に、指をチッチッチッとふる創也。

「きみの持ってるイメージは、大正十五年に発表された『一寸法師《いっすんぼうし》』以後のものだね。最初のころの明智は、こういうスタイルだったんだよ」

そうだったのか……。

ぼくは少年探偵団のシリーズしか読んでないから。

「少年探偵団にでてくる活劇的な明智もいいが、ぼくは『D坂の殺人』や『心理試験』『屋根裏の散歩者』などの、心理分析型《ぶんせきがた》の推理法を用いる明智小五郎のファンだね。人間を研究対象にし、犯罪学や探偵学《たんていがく》に造詣《ぞうけい》の深い高等遊民——じつにすばらしいじゃないか」

「高等〝ムーミン〟？　明智小五郎って、探偵じゃなく妖精《トロール》だったのか？」

ぼくがいうと、思いっきり軽蔑《けいべつ》した目をむけてくる。

なにか、まちがったことをいったのだろうか？

一つ咳《せき》ばらいしてから、ぼくはするどい指摘をする。

「創也は、明智小五郎の知的な面ばかりに目をむけてるけど、明智探偵は運動神経がいいんだぞ。二十面相《にじゅうめんそう》をつかまえるのに、馬に乗って追いかけて、最後は投げなわで仕留《しと》める——こんなことが、おまえにできるか？」

「些細《ささい》なことはほうっておこう。それより、きみも小林少年になりきらないとダメじゃないか」

うまくごまかす創也。

しかたない、小林少年の役作りをしよう。

あれ？　そういえば、小林少年って、なんて名前なんだ？

「小林芳雄《よしお》だよ。両親は死亡してるが、親戚《しんせき》がいるので天涯孤独《てんがいこどく》ではない」

「年齢《ねんれい》は？」

「戦前に書かれた初登場のときは、十二、三歳《さい》。戦後にでてきたときは、十五、六歳。だいたい中学三年生ぐらいで落ちつく。当時は十六歳《さい》で免許《めんきょ》がとれ、小林少年が『アケチ一号』という自動車を運転してることから考えて、十六歳とするのがいいだろう」

「ずいぶん、おおざっぱだな」

「そのていどでいいんだよ。基本、小林少年は、『明智先生、ばんざぁ〜い!』っていってたらいいんだから」

全国の小林少年ファンを敵にまわす創也。

しかし、明智小五郎が小林少年を大事にしてないのは事実だ。

『夜光人間』『仮面の恐怖王《きょうふおう》』『魔人《まじん》ゴング』――小林少年が危機に直面しても、明智探偵は旅行中だったり静観したり、小林少年の危機を見のがしていることが多かった。

この点、冷血人間の創也と共通している。

うんうんとうなずいてるぼくを不思議そうに見てから、創也がいった。

「さて、カフィーでも飲みたいな。内人くん、準備してくれないか」

「なんだよ、〝カフィー〟って?」

「コーヒーのことだよ。明智小五郎は、コーヒーのことを〝カフィー〟っていうんだ」

「それはいいけど、ここには紅茶しかないだろ」

ぼくがいうと、創也がだまって紅茶の缶《かん》がならんだ食器棚《しょっきだな》をゆびさす。ならんだ缶のはしっこに、インスタントコーヒーのびんがおかれている。

……いつのまに。

立ちあがったぼくは、びんを手に持つ。

ふたをあけると、中にはなにも入ってない。

「からっぽだぞ」

「フッ……。じつはさっき、中身をぬいておいたんだ」

創也が得意そうに答えた。ぼくがリアクションにこまってると、

「明智小五郎はね、犯人が気づかないうちにピストルから弾丸《だんがん》をぬくという芸当ができるんだ。それをまねたんだよ」

説明してくれたけど、リアクションにこまることにかわりはない。

創也が、ぬきとったインスタントコーヒーをカップに入れ、お湯をそそぐ。ぼくらは、しばらくだまってカップをかたむける。

「気になることがある……」

ぼくは、創也がひきずってきた箱をゆびさす。

「この砦《とりで》は、究極のゲームをつくるための場所。なのに、どうして衣装箱《いしょうばこ》のようなものがあるんだ？」

創也は答えない。

「あと、インスタントコーヒーがあったこと。ぼくもおまえも、ここでは紅茶しか飲まない。いったい、だれがコーヒーを持ちこんだんだ？」

「…………」

無表情の創也。いや、その口もとが、かすかにゆがんでいる。

……ほほえんでるのか？

「だいたい、スキップもできないおまえが、コーヒーをぬきとるなんてあざやかなまねができるのか？」

「…………」

「……おまえは、本物の創也なのか？」

おそるおそるきくと、創也がワインレッドのフレームの眼鏡をはずした。

「きみは、どう思う？」

ああ、このときの驚《おどろ》きを、なんといえばいいのだろう。

その姿は、竜王創也に似ているが、とても中学二年生とは思えない。まるで、夜の闇《やみ》で踊《おど》る怪《かい》人《じん》だ……。

「二十面相……」

ぼくのつぶやきに、創也が大きな笑い声をあげた。

「やっと気づいたのかい！　ああ、これはゆかいだ。まるで、あの憎《にく》き名探偵《めいたんてい》を罠《わな》にはめてやったような気分だ。ゆかい、ゆかい！」

踊りだしそうな勢いで、砦《とりで》の中を歩きまわる創也。しかし、ぼくが平然としてるのを見て、足がとまった。

「なぜ、おどろかない？」

ぼくは、ほほえんだまま、答えない。

創也のほおを、汗《あせ》がひとすじ伝う。

「みょうだな。いつもの内人くんなら、ぼくの正体を見破ることができない。いまの推理は、まるで本物の小林少年になったようじゃないか……。いや、ちがう。小林少年以上だ。そう、あの憎き名探偵レベル――」

ハッとした顔になる創也。

ぼくは笑い声をおさえることができない。

「きみこそ、ようやく気づいたようだね。どうやら、またぼくの勝ちのようだ」

勝《か》ち誇《ほこ》るぼく。

創也がくやしそうな顔をするかと思ったら、意外なことにニヤリと笑った。

「ほんとうに、勝ったといえるのかい？　きみもぼくも、変装の名人。郵便ポストやミイラにまで変装できるぐらいだ」

「……なにがいいたいんだ？」

ぼくは、自分のほおを汗《あせ》が伝うのを感じる。

創也が、楽しそうにいう。

「きみも感じてるはずだ。なんにでも変装できるわれわれは、ほんとうの自分がだれなのかわからなくなってる。名探偵《めいたんてい》なのか？　怪人《かいじん》か？　それとも、読者か？　ひょっとして、夜の夢を紡《つむ》いでいる作者か――？」

「………」

「きみは、答えられるかい？」

その言葉が、するどいナイフのようにつき刺《さ》さる。

「ぼくは……」

「――というような脚本《きゃくほん》でいこうかと思うんだ」

こんど、文化祭のクラス演《だ》し物《もの》で『乱歩アナザー』をやることになり、ぼくに脚本の仕事がまわってきた。

「ふむ……」

あごを指でつまむ創也。

「結末は、どうするんだい？」

「それなんだよな……」

創也にきかれ、ぼくは頭のうしろで手を組む。

「このままじゃ、登場人物ふたりが『明智か？』『二十面相か？』『自分はだれだ？』ってグチャグチャになって終わり――だもんな。もっと、ちゃんとしたオチを考えなきゃとは思うんだ。でも、なかなかいいアイデアがでなくて……」

「…………」

「このままじゃ、みょうな夢のような脚本になってしまうよ」

「いいんじゃないかな」

創也が口をひらいた。

「むりに、ちゃんとした結末をつけるより、目の前にいるのが二十面相か明智小五郎か？　そう考えてる自分は、だれなんだ？　――そのフワフワした感じが、乱歩のいう『現世《うつしよ》は夢　夜の夢こそまこと』に似てるような気がするんだ」

へぇ……。

ぼくは、すこし意外だった。

創也は、理屈《りくつ》の通らない話をきらう。なんでもかんでも魔法《まほう》や超常現象《ちょうじょうげんしょう》でかたづける小説は、ポイ捨てする。

なのに、こんなあやふやなストーリーに「いいんじゃないかな」っていうなんて……？

そのとき、ぼくは部屋のすみに見なれない箱があるのに気づいた。

まっ黒な木箱。人間がひとりすっぽり入るぐらい、大きい。

「創也……あの箱、どうしたんだ？」

箱をゆびさすぼくに、

「うん、ちょっとね」

言葉をにごす創也。

そして立ちあがると、ヤカンをカセットコンロにかけた。

紅茶の缶《かん》がならんだ食器棚《しょっきだな》に手をのばす創也。缶のはしに、インスタントコーヒーのびんがおいてある。

「たまには、気分をかえてカフィーでも飲むかい？」

創也が、インスタントコーヒーのびんを手にとった。

ぼくは、なにも答えられない。なにかいおうとしても、口がパクパクするだけで、言葉がでてこない。

創也が、地獄《じごく》のように熱いコーヒーが入ったカップを、ぼくの前におく。

さて……。

ぼくは考える。目の前のコーヒーを飲むべきか否か——。

もし飲めば、二度と帰れない世界にいってしまいそうな気がする。しかし、その世界が、とても魅力的《みりょくてき》に見えるのも事実……。

「…………」

答えがだせないまま、ぼくはカップを見つづける。

その二　テスト「24」

AM9:13

「とてつもない、危機的状況《じょうきょう》だ……」

ぼくは、砦《とりで》で創也にいう。

創也は、なにも答えず紅茶をいれている。あきらかに、ぼくの言葉を無視してる。

「こら、人の話を聞け!」

ぼくの文句を、創也はため息で吹《ふ》きとばす。

「おかしいな。内人くんは、どんなピンチも余裕《よゆう》できりぬける、無敵のサバイバーなのに」

「…………」

「きみのおばあさまは、こういうときはどうすればいいか教えてくれなかったのかい?」

……教えてくれた。たったひとこと――「死ぬ気で勉強しろ!」と。

現在、日曜日の午前九時十三分。あした——月曜日の一時限目に数学のテストがある。

ぼくの学力は、ふつうだ。必死でがんばっても、手をぬいても、だいたい平均点をとることができる。

それなら勉強しなくてもいいんじゃないかと思うかもしれないけど、ぼくの性格上、それができない。

で、問題になってくるのが、あしたの数学テスト。

これがはっきりいって、ヤバイ!

風でいうなら、観測史上はじめてって感じの暴風が吹《ふ》きあれてる感じ。すこしぐらい努力しても、二桁《けた》の得点をとれるかどうか……。

ぼくの話を聞いて、大きくうなずく創也。

「なるほど。それで、ぼくに泣きついてきたというわけか」

「さいわいにも、おまえは、わが校はじまって以来の秀才《しゅうさい》。ぼくに平均点をとらせるぐらい、かんたんなことじゃないか?」

「ふむ……。くずれた豆腐《とうふ》をもとにもどすぐらいむずかしいことだけど、やってみようじゃないか」

そうか、ぼくが平均点をとるのは、そんなにもむずかしいことなのか。

「とりあえず、きみがどれだけ理解してるか、この問題をやってみたまえ」

創也が、ぼくにむかって問題集をつきだす。それは、いままでに見たことのない難問ばかりのってる問題集だった。

AM11：15

「きみは、いままでなにをしてたんだい？」

ほとんどなにも書きこまれてない問題集を見て、創也が冷たい目をむけてくる。

ぼくは、首を横にふる。

「まるで、ぼくが怠《なま》けてたような言い方だな。これでも、必死でやってきたんだぞ」

カバンから、綿密に書きこまれた計画表をだす。

「見ろ、この完璧《かんぺき》な計画表を！　これでも、ぼくが怠けてたというのか！」

「…………」

計画表を見た創也が、さらに冷たい目をむけてくる。

「いくつか質問させてほしい。まず、この計画表をつくるのに、どれぐらい時間がかかったんだい?」

「この一週間、全力をそそぎこんだ力作だ!」

「二つめの質問。どれぐらい、計画どおりできた?」

「三十パーセントぐらいかな。なにせ、計画表を書くのにいそがしかったから」

「………」

「安心しろ。計画表の最後は、ちゃんと守れたから」

ぼくは、最後に書かれている「創也に泣きつく」という部分をゆびさす。

創也が、だまって計画表を破った。

PM2:36
お昼の時間をかるくすぎても、ごはんを食べさせてくれる雰囲気《ふんいき》がない。

「創也、ひもじくないか?」

「がまんしたまえ。ぼくも食べてないんだ」

「しかし、頭を使うって、かなりのカロリーを消費してる。なにかエネルギーを入れないと、能率が悪くないだろうか?」

まじめな口調でいうと、創也が立ちあがった。

「いまから買い出しにいってくる。もどってくるまでに、ここまで進んでなかったら、食事ぬきだからね」

問題集の数ページ先をゆびさす創也。

PM4：12

空腹は、ごまかせないレベルになってきた。

創也が買ってきたのは、菓子《かし》パンが一個だけだったんだ。「これだけか？」ときくと、当然という顔でうなずきやがった。

「食事をして胃に血液がいくと、脳にまわる血が少なくなる。いまは、脳の回転をへらすわけにはいかない状況《じょうきょう》だ。がまんしたまえ」

いわれるままに、がまんした。

しかし、空腹のあまり、ノートの数字がグルグルまわりはじめた。

……ダメだ、これじゃあ勉強にならない。

ぼくは、必死で考える。

数学の問題じゃない。どうやって食料を手に入れるかをだ――。

そして、ひらめいた。うん、完璧《かんぺき》な方法だ。

ぼくは創也にいう。

「そういや、数学のベストな参考書を教えてもらったんだ。ちょっと買ってこようかな」

完璧な理由だ。

部屋をでて、本屋にいくとちゅう、スーパーに寄る。そこで、カップ麺《めん》やサンドイッチを大量購入《こうにゅう》するんだ!

立ちあがりかけたぼくに、創也がいう。

「内人くん、きみは『参考書買ったらホッとモード現象』を知っているかい?」

なんだ、それは?

はじめて聞いたぞ。

「これは、テスト勉強をしようと思って書店にいき、問題集や参考書を買いこみ、それだけで勉強した気分になってホッとしてしまう現象のことをいう。ちなみに、命名したのは、ぼくだ」

創也に、ネーミングセンスはない。それはもう、悲しくなるほどない。

あわれみの目で見るぼくを無視し、創也がつづける。

「そして、この現象にとりつかれると、テストは悲惨《ひさん》な結果でおわる。このことは、長い歴史の中で証明されている」

創也の目が真剣《しんけん》だ。

ぼくは、軽い調子でいう。

「でもさ、いい参考書は買っておいたほうがいいと思うんだ。たまたま、参考書にのってるとこがテストにでることもあるだろ」

創也が、首を横にふる。

「賭《か》けてもいい。きみは、買った段階で安心してしまい、参考書をひらくことはないだろう。そして、テスト終了《しゅうりょう》後《ご》に残されるのは、悪い点数とピカピカの参考書、中身のへった財布《さいふ》だけだ」

「…………」

聞いていたぼくの体がふるえる。

「『参考書買ったらホッとモード現象』のおそろしさが、わかったかい？」

ゾワリと、背中の毛が逆立つ。なにか、危険なウイルスが侵入《しんにゅう》してきた感じ。悪寒《おかん》がして、口の中がかわく……。

「どうやったら、その『参考書買ったらホッとモード現象』から解放されるんだ？」

すると、創也は気楽な調子で答えた。

「なにも心配することはない。参考書を買わなければいいだけの話だ」

それもそうだな。

PM8：47

「創也……」

「なんだい？」

「気になることがあるんだけど」

「その問題かい？　それは、四つまえにやった問題の応用で――」

「いや、そうじゃなくて……。おまえのコンピュータまわり、やけに散らかってないか？」

ぼくは、創也が使ってるコンピュータをゆびさす。

「そこだけじゃない。よく見れば、砦《とりで》全体、散らかっている。こんな状況《じょうきょう》じゃ、落ちついて勉強できない。かたづけてやろうか？」

立ちあがろうとしたぼくを、創也のハリセンがとめた。

「きみは『テストまえ部屋ピカピカ現象』を知っているか？」

なんだ、それは？

はじめて聞いたぞ。

「これは、テスト勉強をしていると、やたら部屋のかたづけをしたくなり、部屋がピカピカになるという現象のことをいう。ちなみに、命名したのは、ぼくだ」

創也に、ネーミングセンスはない。それはもう、悲しくなるほどない。

あわれみの目で見るぼくを無視し、創也がつづける。

「そして、この現象にとりつかれると、テストは悲惨《ひさん》な結果でおわる。このことは、長い歴史の中で証明されている」

創也の目が真剣《しんけん》だ。

ぼくは、軽い調子でいう。

「そんなたいしたことじゃないんだ。ちょっと、砦《とりで》の中が散らかってるのが気になってさ。かたづけたくなっただけさ」

「それが、『テストまえ部屋ピカピカ現象』のおそろしいところなんだ。だいたい、砦が散らかってる原因の九十パーセントは、きみのせいだ。ぼくが口やかましくいっても、きみはかたづけようとしない。なのに、テストまえで勉強しなければいけない大事なときに、部屋をかたづけたいといいだした。これは、まさに『テストまえ部屋ピカピカ現象』にとりつかれてるという証明だ」

「………」

ゾワリと、背中の毛が逆立つ。なにか、危険なウイルスが侵入《しんにゅう》してきた感じ。悪寒《おかん》がして、口の中がかわく……。

「どうやったら、その『テストまえ部屋ピカピカ現象』から解放されるんだ?」

すると、創也は気楽な調子で答えた。

「なにも心配することはない。テストがおわったら、すぐに治るから」

それもそうだな。

AM1:09

「ラジオが聴《き》きたいな……。テレビもないし、せめてラジオが聴きたいな……」

ぼくのつぶやき。

気持ちいいほど、創也に無視される。

それでも、ぼくは負けない。

「山遊亭楽小《さんゆうていらくしょう》の『らくしょうワイド』が聴《き》きたいんだけど――」

「『らくしょうワイド』は、月曜日の夜だ。あと二十時間ほどがまんしたまえ」

そうだった……。

かなり疲《つか》れてるのか、時間の感覚がおかしくなってるようだ。

でも、『らくしょうワイド』聴きたいなぁ。パーソナリティの山遊亭楽小が、ものすごくおもしろいんだ。フリートークもさえてるけど、各コーナーも大笑いできる。ハガキ職人のレベルも、ほかの番組にくらべて数段高い。

ダメだ、思いだしたら笑えてきた。

「ふはははははは……」

とつぜん笑いだしたぼくを見て、創也が眼鏡のフレームを指であげる。

「なるほど、徹夜《てつや》すると脳内でエンドルフィンが分泌《ぶんぴつ》され興奮状態になるというが、これがその状態か」

「なんだよ、〝えんどるふぃん〟って」

ぼくは、その言葉の雰囲気《ふんいき》がおもしろくて、腹をかかえて笑う。

「ホルモンの一種だよ。脳内麻薬といわれるように、痛みを感じなくさせたり爽快感《そうかいかん》をだしたりする作用があるようだ」

なるほど。それで、こんなに楽しい気分になってるわけか――。

「医学的に、どれだけ正しい説かわからないけど、内人くんを見てるとうなずけるね」

その言い方がおもしろくて、ぼくは笑いつづける。

ぼくの記憶《きおく》があるのは、ここまでだ。

AM3:48
ZZZZZZZZZZZZZZZZZZZZZZZZZZZZZZZZZZZZZZZZZZZZZZZZZZZZZZZZZZZZZZZZZZZZZZZZZZZZZZZ……。

顚末
意識を失ってるのに、試合がおわるまで闘《たたか》いつづけたボクサーの話を、聞いたことがある。このときのぼくが、まさにそうだった。

気がついたら、テストはおわっていた。

……燃えつきたよ。

結果は、平均点よりすこし上。あれだけ苦労して、このていどかとも思うけど、もしやってなかったらと思うとひざがふるえる。
創也のほうは、あっさり満点をとった。
なんだかなぁ……。

その三　心理テスト

「おい、創也。いまからする質問に答えてくれるか」

ぼくは、読んでいた雑誌から顔をあげる。

この砦《とりで》には、創也がひろってきた雑誌がたくさんある。そのなかの一冊に、おもしろい記事がのっていた。

『あなたの性格が丸わかり　究極の心理テスト！』

ぼくのほうへ体をむけ、雑誌の表紙を見てため息をつく創也。

「きみは、ぼくに対して心理テストをやろうっていうのか。じつに、つまらない思いつきだね」

そして、聞きたくもない蘊蓄《うんちく》が、やつの口からこわれた水道のように噴《ふ》きだす。

「心理テストと似たものに、心理検査がある。あと、きみは江戸川乱歩の『心理試験』は読んだことがあるかな？　人間の気持ちというものは——」

ぼくは右手をつきだしてやつの言葉をとめ、きいた。

「それで、おまえはなにをいいたいんだ?」

「そんなにかんたんに、人の心理は読めないってことだよ。まして、雑誌にのってる心理テストなんて、信用できない」

肩《かた》をすくめる創也。

「やってみないとわからないだろ」

ぼくは、雑誌に目をもどし、最初の質問をする。

「あなたはミラーハウスでまよっています。すると、目の前になにかが落ちてきました。いったいなにが落ちてきましたか?」

雑誌を見ると、「落ちてきたものが、自分のほしいものをあらわしている」と書いてある。

ぼくは、創也の答えを待つ。

やつは、鼻で笑って口をひらいた。

「ミラーハウスでまよう? この竜王創也が? ——ありえないね。だいたい、鏡とガラスでわかりにくいとはいえ、脱出《だっしゅつ》方法はかんたんなんだよ。まず、かべに片手をつけて——」

穴のあいた風船から吹《ふ》きだす空気のように、創也が蘊蓄《うんちく》を垂れ流す。このことから、〝つねに自分の能力をひけらかす〃という創也の性格がわかる。

ぼくは、創也の言葉をとめて、きいた。

「で、けっきょく、なにが落ちてくるんだ？」

「まよわないんだから、なにも落ちてこない——これが答えかな」

「…………」

つまり、ほしいものはなにもないってことか……。

リア充《じゅう》め！

「ちなみに、内人くんは、なにが落ちてきたんだい？」

創也が、ぼくを見る。

ぼくは、あいまいな笑顔《えがお》をうかべてから答える。

「おまえと同じだ。なにも落ちてこなかったよ」

ほんとのことはいえない。堀越美晴《みはる》が落ちてきて、彼女《かのじょ》を助けながらミラーハウスを脱出《だっしゅつ》するという妄想《もうそう》世界を、一時間ほど旅していたなんて……。

「ふうん、そうなんだ」

創也が、口のまわりにソースをベッタリつけて「お好み焼き？　食べてないよ」という子どもを見る目を、ぼくにむける。

ぼくは、雑誌で顔をかくすようにして、つぎの質問をする。

「あなたは用事で外出します。そのとき、どれぐらいくもっているでしょう？」

この答えは、回答者の腹黒さをあらわしていると書いてある。

創也から「台風が接近してて、まっ黒な雲がうず巻いてる」という返事を待っていたら、意外な答えがかえってきた。

「くもり？　いや、とってもいい天気だよ。それはもう、すこしのにごりもない、澄《す》みきった青空がひろがってるね」

「……ほんとのことをいえよ」

ぼくがにらむと、

「心外だね。ぼくは、心にうかんだイメージを言葉にしてるだけだよ。いったいきみは、どんな答えを期待してるんだい？」

ぎゃくにききかえされた。

ぼくは、あいまいな笑顔《えがお》でごまかし、つぎの質問。

「あなたの家の近くにある空き地を思いうかべてください。そこに、だれがいますか？」

雑誌には、「空き地にいるのが、回答者を恨《うら》む人物」と書かれている。

考えこむ創也に、ぼくはきく。

「フリーマーケットでもやってて、ものすごくたくさんの人がいるんじゃないか？　大にぎわいで、空き地に入りきらない人が、道まであふれてるとか——」

すると創也は、つらそうに首を横にふった。

「ダメだ……。ぼくの家の近くに空き地はない。だから、〝家の近くの空き地〟といわれても、イメージできないよ」

「ほんとは、カーニバルで大にぎわいの空き地が見えてるんじゃないか？」

「いや、せいぜいイメージできるのは、だれもいないさびしい空き地だよ」

「………」

ちなみに、ぼくが思いうかべた空き地では、創也が詩集を読んでいた。

まぁ、いい。つぎにいこう。

「思い出の写真が百枚あります。そのうち何枚を部屋にかざりますか？」

「百枚ぜんぶかな」

よっし、きた！

ようやく思いどおりの答えがかえってきて、ぼくはガッツポーズをとる。

この答えは、自分のルックスに対する点数をあらわしてるらしい。つまり創也は、自分のルックスに百点をつけてるというわけだ。うん、納得《なっとく》できる。

「じゃあ、最後の質問。あなたの家のとなりに、ある家族が引《ひ》っ越《こ》してきました。その家族には、あなたと同い年の人がいますが、悩《なや》みを持っています。どんな悩みでしょう？」

この答えは、自分自身の悩みをあらわしている。

いったい創也は、どんな悩みを持っているのか？　ぼくは、ワクワクして回答を待つ。

「ふむ、悩みね……。」

考える創也。

「竜王邸《てい》のとなりに引っ越してくる家族。社会的ステータスはかなり高い。ぼくと同い年の人も、ぼくと同じで優秀《ゆうしゅう》な人間だと考えられる。そんな人に、悩みなどないんじゃないかな？」

なぐりたくなるような答えがかえってきた。

つまり、創也には悩みがないってことか……。

ぼくは、ため息をつく。

「もっと親身になって考えろよ。優秀といっても、まだ中学生だぜ。引っ越し先で友だちができるかなとか、新しい学校でいじめられないかなって、悩《なや》んでるはずだろ?」

「いや、そんなことはない」

創也はチッチッチッと指をふって、ぼくの意見を否定する。

「以前なら、そんな心配をしたかもしれないけどね――。いまは、なんの悩みもなく、安心して引《ひ》っ越《こ》ししてきたはずだ」

そして、〝しまった!〟という感じで口をとざす。

「…………」

無言でいすにすわると、すべての質問を拒絶《きょぜつ》するように、コンピュータのキーをたたきはじめた。

えーっと……。

ぼくは、創也がきゅうにだまってしまったわけを考える。

まず、この心理テストがのっていた雑誌。創也がひろってきたものだ。そして、やつには、活字中毒の傾向《けいこう》がある。読むものがないと、コショウのびんのラベルまで読みだすほどだ。

つまり創也は、この雑誌も読んでいて、心、理、テ、ス、ト、の、内、容、も、知、っ、て、い、る。

空がまっ黒な雲でおおわれていても、空き地に人があふれてても、うその答えをいうことができる。

そしてやつは最後の問題に、「以前は、友だちやいじめの不安があった」とあかしてしまった。

それがいまは、悩《なや》みがない。

なぜなら、ぼくがいるから――。

なるほどね……。

「おい、創也」

ぼくは、無言でキーをたたいてる背中に話しかける。

返事はない。それでもかまわない。

「紅茶をいれてやろうか？」

「…………」

立ちあがる創也。だまって、ヤカンをカセットコンロにかける。

「ぼくは、素人《しろうと》のいれるまずい紅茶を飲む趣味《しゅみ》はない」

……まったく、どうせいれてくれるのなら、憎《にく》まれ口《ぐち》をたたかずにやればいいのに。

「どうぞ――」

湯気の立つカップを、ぼくの前におく創也。

自分もカップを持ち、きいてくる。

「で、心理テストの結果、ぼくはどんな性格なんだい？」

「とても澄《す》んだ心をしていて、悩《なや》みもなく人から恨《うら》まれることもない。自分の容姿に自信を持ち、ものすごく充実《じゅうじつ》した生活をしている。

——こんなところかな」

ほんとうは、本心を人に見せないよう必死で鎧《よろい》をまとってる小心者ってところかな？

あと、友だちができて喜んでる。

紅茶の湯気で創也の眼鏡がくもる。

そのため、やつの表情がわからない。

ぼくは、紅茶のカップを目の高さに持ちあげる。

「新しい隣人《りんじん》の楽しい日常に、乾杯《かんぱい》」

すると、くもった眼鏡のむこうで、創也の目が笑ったように見えた。


〈ＦＩＮ〉

あとがき

どうも、はやみねかおるです。

創也と内人の新作ゲーム『夢幻《むげん》』、いかがだったでしょうか。楽しんでいただけたでしょうか？

ゲームの内容には満足していただけましたか？　ネズミの正体も、きっと気づかれたことでしょうね？（あと、あの人の正体も——）

そして、ゲームがおわったいま、あなたは現実世界にもどってきてますか？

☆

フクシマハルカ先生に『少年マガジンエッジ』誌上でマンガ化していただいたり、声優の佐藤恵《さとうめぐみ》さんに『Amazon《アマゾン》 Audible《オーディブル》』で朗読《ろうどく》していただいたり、初期の『都会《まち》のトム＆ソーヤ』に出会う機会が多くなりました。

そこで、ぼくもひさしぶりに『都会のトム＆ソーヤ①』を本棚《ほんだな》からひっぱりだし、読んでみました。

原則的に、ぼくは自分の本を読みません。（読まない理由その一、本になるまでに何度も読みかえしてるから。その二、ほかに読みたい本があるから。その三、単純にはずかしいから。以上）

読んでみて、おどろきました。第一巻を書いたのは、十三年もまえのことなんですね。十三年といえば、生まれたばかりの赤《あか》ん坊《ぼう》が中学生になる年月です。……なのに、内人も創也も中学二年生のままでです。

かわりばえのしないふたりですが、性格はずいぶんかわってますね。

創也は、とてもクールで、周囲にかべをつくってました。内人も、ふつうの中学生で、どこか創也に遠慮《えんりょ》をしている。おたがいの呼び方も「竜王」に「内藤くん」。それが、こんなにもみょうなふたり組になってしまうとは――。

これを成長といってもいいのかどうか……。むずかしいところです。

☆

『都会のトム&ソーヤ』を書くために、いろんなR・RPG《リアル・ロールプレイングゲーム》を考えてると、実際にやってみたくなりますね。学生時代なら、確実に『R・RPGクラブ』なんかを設立して楽しんでたと思います。

どこか閉《と》ざされた場所から脱出《だっしゅつ》するパターンが、おもしろそうです。ほかにも、散りばめられた手がかりをもとに、なにかを発見するタイプのものもやってみたいです。

しかし、社会人になったいま、『R・RPGクラブ』をつくって遊んでたら、家族が路頭にまよってしまいます。(路頭にまようまえに、家からたたきだされそうですが……)

そこで、町おこしにR・RPGを使うという方法を考えました。その町の特産品や観光名所を使ったR・RPGを企画《きかく》するのです。

これなら、仕事としてR・RPGを楽しめます。

というわけで、どこかの観光課とか地域活性課のみなさん、いっしょにR・RPGの企画を考えてみませんか？

☆

ぼくが書く物語は、同じ舞台《ぶたい》と時間軸《じかんじく》を共有してるものがほとんどです。

その世界には、物忘れのはげしい名探偵《めいたんてい》がいて、世界的な大怪盗《だいかいとう》もたずねてきたりします。

M川が流れ、とっても古い虹北《こうほく》商店街があります。急な坂の上には高校があり、ほかにも虹北学園や大中《おおなか》小学校があります。コンビニと駄菓子《だがし》屋の数は同じくらい。西沢《にしざわ》書店のような小さな本屋さんも、ディリュージョン社直営の大きな本屋さんも、共存しています。

テレビ局もあって、堀越ディレクターは『都会のトム＆ソーヤ』シリーズ以外にもたくさん登場してくれます。

また、真田女史は〝時見〟ですが、この世界には、同じ能力を持つ〝未来屋〟や〝先見《さきみ》〟とよばれる者がいます。

そして、この世界がどんな未来をむかえるか――？

そのかぎをにぎっている物語の一つが、この『都会のトム＆ソーヤ』です。物語にでてくる〝人類はさめない夢を見る〟が、キーワードになります。

デビュー以来、ひろげにひろげてきた風呂敷《ふろしき》、どれだけきれいにたたむことができるかわかりませんが、もうしばらくおつきあいください。

☆

最後に感謝の言葉を――。

講談社児童図書編集チームの塩見《しおみ》さん。自分にも理解できないようなむずかしい設定で書いても、塩見さんのチェックがあるので安心です。ありがとうございました。

いつもすてきなイラストを描《か》いてくださる、にしけいこ先生。ありがとうございました。盛大《せいだい》にキャラを登場させた『夢幻』、にし先生のおかげで、とても楽しい本になりました。これからも、よろしくお願いします。

それから、奥《おく》さんとふたりの息子《むすこ》――琢人《たくと》と彩人《さいと》へ。本棚《ほんだな》の整理をすることもなく、あいかわらずアタフタと仕事してます。整理を手伝ってくれといいたいところですが、琢人も彩人もいそがしくて、そんな時間はありません。ぼくの若いときとちがい、いまの大学生も高校生もいそがしいんですね。しかたないので、ひとりぼちぼちかたづけます。

☆

さて、『夢幻』も完成し、内人と創也はホッとひと息。新たなステップに進むための準備期間に入ります。というわけでつぎの物語は、ふたりの学園生活にしようかと思います。（それでも、あの人たちやら、あの組織なんかはからんでくるんでしょうね……）

というわけで、刮目《かつもく》して待っててください。

では！

Good Night, And Have A Nice Dream.《グッドナイトアンドハブアナイスドリーム》

【はやみねかおる　作品リスト】2017年2月現在

◆講談社　青い鳥文庫

＜名探偵夢水清志郎シリーズ＞

『そして五人がいなくなる』1994年2月刊,『亡霊《ゴースト》は夜歩く』1994年12月刊

『消える総生島』1995年9月刊,『魔女の隠れ里』1996年10月刊

『踊る夜光怪人』1997年7月刊,『機巧館《からくりやかた》のかぞえ唄』1998年6月刊

『ギヤマン壺の謎』1999年7月刊,『徳利《とっくり》長屋《ながや》の怪』1999年11月刊

『人形は笑わない』2001年8月刊,『「ミステリーの館」へ、ようこそ』2002年8月刊

『あやかし修学旅行 —鵺《ぬえ》のなく夜—』2003年7月刊

『笛吹き男とサクセス塾の秘密』2004年12月刊,『ハワイ幽霊城の謎』2006年9月刊

『卒業 〜開かずの教室を開けるとき〜』2009年3月刊

『名探偵VS.怪人幻影師』2011年2月刊,『名探偵VS.学校の七不思議』2012年8月刊

『名探偵と封じられた秘宝』2014年11月刊

＜怪盗クイーンシリーズ＞

『怪盗クイーンはサーカスがお好き』2002年3月刊

『怪盗クイーンの優雅な休暇《バカンス》』2003年4月刊

『怪盗クイーンと魔窟王の対決』2004年5月刊

『オリエント急行とパンドラの匣《ケース》』2005年7月刊

『怪盗クイーン、仮面舞踏会にて —ピラミッドキャップの謎　前編—』2008年2月刊

『怪盗クイーンに月の砂漠を —ピラミッドキャップの謎　後編—』2008年5月刊

『怪盗クイーン、かぐや姫は夢を見る』2011年10月刊

『怪盗クイーンと悪魔の錬金術師 —バースディパーティ　前編—』2013年7月刊

『怪盗クイーンと魔界の陰陽師 —バースディパーティ　後編—』2014年4月刊

『怪盗クイーン　ブラッククイーンは微笑まない』2016年7月刊

『怪盗クイーン 公式ファンブック 一週間でわかる怪盗の美学』2013年10月刊

＜大中小探偵クラブシリーズ＞

『大中小探偵クラブ　—神の目をもつ名探偵、誕生！—』2015年9月刊

『大中小探偵クラブ　—鬼腕村《おにかいなむら》の殺ミイラ事件—』2016年5月刊

『大中小探偵クラブ　—猫又家《ねこまたけ》埋蔵金《まいぞうきん》の謎—』2017年1月刊

『バイバイ スクール　学校の七不思議事件』1996年2月刊

『怪盗道化師《ピエロ》』2002年4月刊

『オタカラウォーズ　迷路の町のＵＦＯ事件』2006年2月刊

『少年名探偵WHO《フー》 —透明人間事件—』2008年7月刊

『少年名探偵　虹北恭助の冒険』2011年4月刊

『ぼくと未来屋の夏』2013年6月刊,『恐竜がくれた夏休み』2014年8月刊

『復活!!　虹北学園文芸部』2015年4月刊

◆青い鳥文庫　短編集

「怪盗クイーンからの予告状」(『いつも心に好奇心《ミステリー》！』収録) 2000年9月刊

「出逢い＋１《プラスワン》」(『おもしろい話が読みたい！　白虎編《びゃっこへん》』収録) 2005年7月刊

「少年名探偵WHO《フー》 —魔神降臨事件—」(『あなたに贈る物語《ストーリー》』収録) 2006年11月刊

「怪盗クイーン外伝 初楼《ういろう》 —前史—」(『おもしろい話が読みたい！ ワンダー編』収録) 2010年6月刊

◆青い鳥　おもしろランド

『はやみねかおる公式ファンブック　赤い夢の館へ、ようこそ。』2015年12月刊

◆ 講談社文庫

『そして五人がいなくなる』2006 年 7 月刊 ,『亡霊《ゴースト》は夜歩く』2007 年 1 月刊

『消える総生島』2007 年 7 月刊 ,『魔女の隠れ里』2008 年 1 月刊

『踊る夜光怪人』2008 年 7 月刊 ,『機巧館《からくりやかた》のかぞえ唄』2009 年 1 月刊

『ギヤマン壺の謎』2009 年 7 月刊,『徳利長屋《とっくりながや》の怪』2010 年 1 月刊

『赤い夢の迷宮』（作／勇嶺薫《はやみねかおる》）2010 年 5 月刊

『都会《まち》のトム＆ソーヤ』①〜⑩ 2012 年 9 月刊〜

◇ 講談社 BOX

『名探偵夢水清志郎事件ノート そして五人がいなくなる』2008 年 1 月刊（漫画／箸井地図《はしいちず》）

『少年名探偵 虹北恭助の冒険　高校編』2008 年 4 月刊（漫画／やまさきもへじ）

◆ 講談社 YA! ENTERTAINMENT

『都会《まち》のトム＆ソーヤ ①』2003 年 10 月刊

『都会のトム＆ソーヤ ② 乱《らん》！ RUN《ラン》！ ラン！』2004 年 7 月刊

『都会のトム＆ソーヤ ③ いつになったら作戦《ミッション》終了？』2005 年 4 月刊

『都会のトム＆ソーヤ ④ 四重奏《カルテット》』2006 年 4 月刊

『都会のトム＆ソーヤ ⑤ IN《イン》 塀戸《VADE》』（上・下）2007 年 7 月刊

『都会のトム＆ソーヤ ⑥ ぼくの家へおいで』2008 年 9 月刊

『都会のトム＆ソーヤ ⑦ 怪人は夢に舞う＜理論編＞』2009 年 11 月刊

『都会のトム＆ソーヤ ⑧ 怪人は夢に舞う＜実践編＞』2010 年 9 月刊

『都会のトム＆ソーヤ ⑨ 前夜祭（イブ）＜内人 side＞』2011 年 11 月刊

『都会のトム＆ソーヤ ⑩ 前夜祭（イブ）＜創也 side＞』2012 年 2 月刊

『都会のトム＆ソーヤ ⑪ DOUBLE《ダブル》』（上・下）2013 年 8 月刊

『都会のトム＆ソーヤ ⑫ IN《イン》 THE《ザ》 ナイト』2015 年 3 月刊

『都会のトム＆ソーヤ ⑬ 黒須島《くろすとう》クローズド』2015 年 11 月刊

『都会のトム＆ソーヤ ⑭ 夢幻《むげん》』（上）2016 年 11 月刊 ,（下）2017 年 2 月刊

『都会のトム＆ソーヤ完全ガイド』2009 年 4 月刊

「打順未定、ポジションは駄菓子屋前」（『YA! アンソロジー 友情リアル』収録）2009 年 9 月刊

「打順未定、ポジションは駄菓子屋前､契約は未更改」（『YA! アンソロジー エール』収録）2013 年 9 月刊

『都会のトム＆ソーヤ　ゲーム・ブック　修学旅行においで』2012 年 8 月刊

『都会のトム＆ソーヤ　ゲーム・ブック　「館《やかた》」からの脱出』2013 年 11 月刊

◆ 講談社ノベルス

「少年名探偵 虹北恭助《こうほくきょうすけ》の冒険」シリーズ　2000 年 7 月刊〜

『赤い夢の迷宮』（作／勇嶺薫《はやみねかおる》）2007 年 5 月刊 ,『ぼくと未来屋の夏』2010 年 7 月刊

◇ ＫＣ（コミック）

『名探偵夢水清志郎事件ノート 』①〜⑪ 2004 年 12 月刊 〜（漫画／えぬえけい）

『名探偵夢水清志郎事件ノート「ミステリーの館」へ､ようこそ』（前編･後編）2013 年 3 月刊（漫画／えぬえけい）

『都会のトム＆ソーヤ』①〜②　2016 年 6 月刊 〜（漫画／フクシマハルカ）

◆ 単行本

講談社ミステリーランド『ぼくと未来屋の夏』2003 年 10 月刊

『ぼくらの先生！』2008 年 10 月刊 ,『恐竜がくれた夏休み』2009 年 5 月刊

『復活!!　虹北学園文芸部』2009 年 7 月刊

『帰天城《かえりそらじょう》の謎 ―TRICK《トリック》 青春版―』2010 年 5 月刊

『４月のおはなし　ドキドキ新学期』（絵／田中六大）2013 年 2 月刊

はやみねかおる

三重県生まれ。『怪盗道化師《ピエロ》』で第30回講談社児童文学新人賞に入選し、同作品でデビュー。他の作品に「名探偵夢水清志郎」シリーズ、「怪盗クイーン」シリーズ、「虹北商店街」シリーズ、「大中小探偵クラブ」シリーズ、『ぼくと未来屋の夏』『ぼくらの先生！』『恐竜がくれた夏休み』『復活!! 虹北学園文芸部』『帰天《かえりそら》城《じょう》の謎 〜TRICK《トリック》青春版〜』（いずれも講談社）などがある。

にしけいこ（西炯子）

鹿児島県生まれ。漫画家。作品に「STAY」シリーズ、『娚《おとこ》の一生』『姉の結婚』（いずれも小学館）、『ひらひらひゅ〜ん』（新書館）、『恋と軍艦』（講談社）などがある。

装丁・城所潤（Jun Kidokoro Design）

本書は、書き下ろしです。

YA! ENTERTAINMENT
都会《まち》のトム＆ソーヤ⑭
《夢幻《むげん》》下巻
はやみねかおる

2017年2月21日　第1刷発行

N.D.C.913　268p　19cm　ISBN978-4-06-269510-7

発行者　清水保雅
発行所　株式会社講談社
〒112-8001
東京都文京区音羽2-12-21
電話　編集 03-5395-3535
販売 03-5395-3625
業務 03-5395-3615
印刷所　豊国印刷株式会社
製本所　大口製本印刷株式会社
本文データ制作　講談社デジタル製作

青い鳥文庫で読める
はやみねかおるの大人気シリーズ

名探偵
夢水清志郎
シリーズ

夢水清志郎
自分で名探偵といいきる、常識ゼロの探偵

セカンドシーズン

名探偵 夢水清志郎の事件簿

佐藤友生／絵

名探偵VS.怪人幻影師が世紀の対決！

ファーストシーズン

名探偵 夢水清志郎事件ノート

村田四郎／絵

亜衣、真衣、美衣の三つ子が大活躍！

怪盗クイーン
シリーズ
K2商会／絵
ねらった獲物を華麗に盗み出す！
赤い夢の世界にようこそ。
RD
世界最高の人工知能
ジョーカー
格闘術の達人で、クイーンの仕事上のパートナー
クイーン
「怪盗の美学」を追い求めて世界じゅうに出没する稀代の怪盗
大中小
探偵クラブ
シリーズ
長谷垣なるみ／絵
凸凹トリオが難事件を解決し〼《ます》！
この三人が集まれば、解けない謎はない！
しっかり者の
真中杏奈
細かいことが気になってしかたがない
佐々井彩矢
大ざっぱで大食いの
大山昇